Isabelle
Desesquelles

Un jour
on fera l'amour

Belfond

Belfond | un département **place des éditeurs**

place
des
éditeurs

Pour Éric,
dans son regard.

Ce qui est sous nos yeux peut aussi être inaccessible. Elle est là, à cinq mètres devant moi, et quelque chose me souffle qu'elle est la femme de ma mort parce que c'est ça, non, la femme d'une vie ? On veut être avec elle quand la mort arrive. Et lorsqu'un autre devient pour nous unique, que l'on veut le garder, on se garde soi.

S'aimanter à un frigo dit assez où elle en est

En entrant dans ce magasin avec des mannequins sans tête, Rosalie Sauvage a cédé à une impulsion. Ce n'est pas la première fois que cela lui arrive, en général ça lui réussit. Le jour où on a commencé à lui parler orientation à l'école, elle n'a plus voulu y aller. On ne risque pas de la voir investir dans la moindre carte routière ou de randonnée, encore moins dans un GPS, elle préfère se perdre. Pour les hommes aussi c'est sans repère, elle fonce.

Sous prétexte de voir le ciel, après dix années à Paris, elle est venue vivre à Toulouse il y a quelques mois. Pour finalement se rendre compte que le ciel ne se regarde vraiment qu'en dehors des villes. De toute façon, à Toulouse, le ciel c'est Airbus. Rosalie Sauvage n'a pas trente ans mais elle a déjà changé trois fois de métier. En ce moment, elle excelle dans le brainstorming, cogiter et faire payer cher à peu près rien.

Elle est toujours en retard, elle a du mal avec le temps ; en s'imposant presque ses retards continuels, elle a l'impression de lui tenir tête. Une manière de ne pas tout à fait céder au faire, faire, faire. Ce n'est même pas une question d'embouteillages, d'endroit où se garer, elle se déplace le plus souvent à pied ou à vélo. Plus le rendez-vous est important, plus elle lambine, pour à la fin s'affoler, arriver essoufflée et inquiète, certaine de ne plus trouver personne. Il n'y a qu'au cinéma où elle arrive juste à temps, ne veut pas manquer le début du film ; pour Rosalie Sauvage, la vie à l'heure, c'est dans le noir. Elle aurait dû être une miss rigidité de la ponctualité vu la pathologie de sa mère à sans arrêt courir, vite vite vite, et ce, depuis sa première tétée. Leur maison était à trois minutes à pied de l'école mais elles arrivaient systématiquement devant une grille fermée. Toute son enfance, sa mère n'a eu à la bouche que des : on est en retard. Est-ce cela qui explique son incapacité à vivre le présent ? Elle préfère être à des années-lumière du temps qui passe, Rosalie Sauvage, source pour elle d'une mélancolie excessive à son âge. Pourquoi voit-elle systématiquement la flétrissure dans tout ce qu'elle observe ? Avide des premières fois, elle carbure aux commencements, hommes inclus.

Des mois à passer devant ce magasin sans jamais y avoir prêté attention, ni s'être imaginée une seconde dans une des robes en vitrine. Pourquoi ce matin ? Pourquoi a-t-il fallu qu'elle en essaye une ? Pour faire la belle ? Ou faire comme si ?

Elle est bien, cette robe bustier, elle accentue sa cambrure, le gigantesque miroir dédié à ces tenues et à leurs futures propriétaires est momentanément son meilleur ami. La jeune femme qu'elle est encore, et que ne promettait certes pas l'adolescente aux traits mal dégrossis et à la coiffure improbable, s'en sort bien. Il va falloir tenir la route maintenant. Elle se cabre vite Rosalie Sauvage, elle a ses ruades : disparaître régulièrement, ne pas conduire, faire un usage plus que modéré de son téléphone portable, d'Internet et des grandes surfaces, surtout couper le sifflet aux informations qui n'en sont plus, leur bruit parasite, un envahissement mortifère fait d'insanités, de rumeurs, d'indécences proférées, de vrais mensonges ; l'essentiel tu.

Elle a décidé d'arrêter de minuter ses journées, de les saucissonner en actions à mener et en objectifs à tenir. Pourquoi n'y aurait-il des ralentis que dans les films ? Elle ne veut plus de cette course contre la montre où elle se raidit, autant que la dizaine d'épis qui lui tiennent lieu de coiffure ; très courte, elle aime sa nuque nue, ne peut s'empêcher de la caresser, tout ce qui souffle le chaud et le froid, elle le sent d'abord là. Avant de rompre avec Marc, Rosalie Sauvage lui a d'ailleurs demandé de photographier sa nuque cadrée en gros plan, le tirage est sur la porte de son frigidaire. S'aimanter à un frigo dit assez où elle en est. Elle n'est pas frileuse mais elle a le cœur congelé, et ce n'est pas la énième déclaration d'un homme marié qui va le réchauffer ! Elle sent bien que son armure, sa jeunesse, va la lâcher. Quelque chose qu'on ne retient pas, qui vous traverse sans s'arrêter, notre jeunesse est là, ce n'est rien, on n'y pense pas ; seulement, une fois envolée, ce n'est pas rien et c'est tout. Elle va en faire quoi Rosalie Sauvage du temps qui lui est donné ? Elle a suffisamment vagabondé des mois seule sur d'autres continents, les arpentant, croyant pouvoir y épuiser son doute. Et plus souvent qu'à son tour, elle a recherché la jouissance, s'arrêtant essentiellement à celle que l'on obtient d'elle. Elle a pensé à se supprimer, et puis non. Il lui en est resté un questionnement sur ce qu'est exactement le courage. Elle s'est voulue une héroïne, poète, aventurière, alors qu'elle n'est qu'imparfaite et parfaitement intransigeante. Elle bout, un métal en fusion, pour l'instant elle s'en sort avec une flamme. À seize ans, elle a fumé la pipe, se convainquant d'y trouver un foyer ; maintenant, quand la nuit tombe, elle regarde une clarté palpitante tout envahir à la lueur d'une chandelle. Alors elle peut se recroqueviller, se reposer, la flamme s'éteindra mais Rosalie Sauvage l'aura emprisonnée dans sa rétine ; une beauté pleine de lumière dans ce qu'il y a de plus obscur. Il lui semble qu'elle en sera inextinguible. Elle n'a pas dormi la nuit dernière, pourtant elle s'est réveillée.

Trente ans et le curriculum vitæ amoureux d'un nouveau-né

Pour Alexandre, l'amour serait comme un engourdissement, quelque chose qui vous enserre et vous rassasie, vous rappelle que vous avez un corps. On peut vous amener l'amour sur un plateau, chacun y aller de sa recette : il y a une aiguille, un fil, et si le fil n'entre pas dans le chas, on reste avec des accrocs. On ne répare rien. L'amour tel qu'Alexandre l'imagine ne peut qu'être souverain ; et il souhaite en retenir un calme, le laisser occuper la place, qu'il s'installe. Quand on aime, quand on est aimé, on n'est plus mort. C'est du moins ce qu'il espère. Jusqu'alors, Alexandre s'est arrêté à ce qui est pour beaucoup la première des étapes, le sexe. Une escale qui ne fait pas un voyage. Au moins là, tel qu'il le pratique, pas de vaines attentes, de grandes espérances immanquablement déçues, ni d'échec. De L'Entracte, le café où son père avait déjà ses habitudes, Alexandre est aux premières loges. Les us et coutumes de Meetic n'ont pour lui aucun secret, même s'il ne se risquerait pas à une quelconque connexion. À moins de se géolocaliser *via* une appli, l'amour en ligne a ceci de constant d'avoir fait des bistros le décor des premières fois. Avec Marc et Marianne, Alexandre a de grands débats sur ces couples préfabriqués, dont ils s'amusent. Il n'y a pas que les gosses qui ont un premier, un grand, un meilleur ami, Marc est celui-là, et Marianne sa femme… qu'Alexandre aurait pu épouser. Avec eux, il vit en couple par procuration, témoin de leurs joutes, pas encore un duel. L'amitié réclamerait qu'il s'en mêle davantage, mais c'est lui qui s'emmêlerait dans leurs accrocs, bien près de se déchirer quand sa partialité à lui est indemne. Drôle d'animal que l'amour, qui mord et vous lèche, souvent les deux en même temps, à nous de nous en débrouiller. Alexandre se retrouve trop souvent confident du couple, de dissimulations dont il se dispenserait bien, de leurs doutes et de leurs frustrations. À être sans arrêt confronté à la déroute, on se fatigue, on écoute sans écouter. À ses yeux, Marc n'est même pas un prédateur, mais un de plus qui se débarrasse juste de ce qui le démange, certain que ses infidélités participent à l'équilibre de son couple. Ce en quoi il n'a pas forcément tort. Il tourne la tête des filles sans faire d'effort, il a une femme compréhensive, on va dire conciliante, une femme qui serre les dents. Jusqu'à quand ? Elle en fait passer des messages, Marianne. Marc encaisse les sarcasmes déguisés de sa femme qui visent cet échantillon d'humains que l'on trouve à L'Entracte, ses jugements sans appel, tout ce qu'elle n'ose dire directement à son mari : « À part toi, Alexandre, y en a pas un pour comprendre le sens du mot "absolu". Pas la peine de prendre ton air, Marc, ce n'est pas un gros mot, "absolu". Mes copines disent toutes : "Je veux rencontrer quelqu'un." Comme si on pouvait vouloir un autre, ce n'est pas comme de manger du jambon ou tiens… une daube ! Celui ou celle qui sera tout, on peut juste l'espérer. Et ça fait une énorme différence, ça fait que ça marche après. Qu'on a une chance d'être un couple. » Là-dessus Marianne embraye sur la frousse généralisée de la solitude, la détestation à se conjuguer au singulier. Alexandre, lui, aime l'être, singulier. Et il a fait le choix rationnel de l'absolu. Il préfère rien à pas grand-chose ou pas assez. Ce qu'on imagine de meilleur aux amoureux, de plus intense, il se le projette en boucle, il ne peut pas y avoir autant de films sur l'amour sans que cela existe, quelque part, et qu'il en ait sa part. Voilà ce qu'il veut, Alexandre, une vie à l'image de toutes ces images auxquelles il a décidé de croire. Quitte à ne rien vivre, et à trente ans passés avoir le curriculum vitæ amoureux d'un nouveau-né. Rien à branler d'avoir une copine, une chérie, une liaison, etc., ce qu'il lui faut c'est plus. Tellement plus. Il est sur des rails, les mêmes depuis toujours, et son idéal amoureux leur reste parallèle. Tous veulent ne surtout pas être seuls, et une fois mariés, combien se sentent encore plus seuls ? Sur le sujet, il est concis : « Quand on achète des chaussures, on essaye plusieurs paires, on choisit les plus confortables, celles qui paraissent l'être sur le moment, souvent on se trompe, on marche avec et très vite on a mal, on finit par les remplacer, pas facile de trouver chaussure à son pied. »

Les amours désinvoltes d'autrui sont pour lui source de désenchantement. Dans le jeu amoureux, chacun se rassure comme il le peut : pas si compliqué de trouver un autre bancal, on fonce dans le tas et on ne fait qu'assembler ce qu'on a d'inabouti. Qu'on ne s'y trompe pas, moins plus moins ça fera toujours moins. On a l'impression de choisir alors qu'on additionne des manques. Le premier guéri n'a plus du tout envie de soigner l'autre, et il retourne faire son marché. Le commun des couples. Alexandre ne veut pas être eux. Faire partie de la cacophonie semblable à celle du générique de début de *La Sirène du Mississippi* avec sa lecture de petites annonces roses. S'ensuit à l'écran une vie de couple parfaitement foireuse, sa succession de petits déjeuners jouant la mélodie du bonheur, sauf que c'est un drame.

À L'Entracte, il observe les femmes amoureuses de l'amour, tout à leur alibi pour se faire sauter. Elles mènent la danse, elles s'emballent, elles se lassent, reproduisant *ad nauseam* le même schéma, ce qui ne leur va pas, elles veulent le changer, et quand elles n'y arrivent pas... trois petits tours et puis s'en vont. Ensuite ? Elles recommencent avec un autre, rejouant étape par étape ce qui a échoué dix fois. Elles y tiennent, à ce qu'on leur a vendu quand elles paradaient en costumes de princesse, elles la veulent, leur grande histoire, avec la garantie après-vente, que tout marche à la baguette, de moins en moins magique. Les amoureux par nécessité ne font pas nécessairement des couples. Alexandre reste à l'écart, il les observe se manger des yeux, laisser des pourboires insensés, ils reviennent là où tout a commencé et ça finit au comptoir, seul devant un verre, muet et défait. Et si leurs regards se croisent, il les connaît, leurs petits sourires bravaches, ce n'est plus Il était une fois mais Il était... jusqu'à la prochaine fois. Autant aller aux putes. Il les préfère à ce trio de quinquagénaires, fidèles de L'Entracte, trois modèles tout droit sortis du catalogue « Elle est bonne, la bourgeoise », de l'étoffe que l'on achète en solde. Une expérience à vivre. Comme d'entrer chez un concessionnaire Jaguar, on n'en veut pas vraiment, trop de frais, elle consommerait trop d'essence, mais on fait un tour avec histoire de l'essayer, de voir ce qu'il y a sous le capot ; et ça suffit. Alexandre les soupçonne de hausser la voix pour qu'il les entende, il les voit se faner, se lifter, se figer et s'en payer aussi. Ces trois-là commentent bruyamment leurs acrobaties, elles renchérissent dans le burlesque, prenant à partie les serveurs successifs, les allumant pour la forme. Renseignements pris sur Alexandre, elles ont estimé à juste titre qu'il ne mettrait pas assez d'ardeur à les satisfaire. Elles lui fichent la paix et il est au spectacle, leurs iPhone regorgent du mignon du moment transformé en amant JPG. Marc est sur le disque dur des trois. Tant qu'Alexandre n'a pas à mentir à Marianne, son ami fait ce qu'il veut. La routine, sauf que depuis peu la routine n'en est plus une ; voilà que Marc n'a plus de maîtresses mais une amoureuse. Et Alexandre n'a pas envie de cautionner une histoire d'amour sans Marianne. Marc exagère les symptômes : classique perte temporaire du sommeil, trois kilos en moins sur la balance, une énergie à gravir dix Golgotha – et il ne va pas y couper –, il traque les signes, au besoin les invente, il a sa grande passion, confond un peu tout, rassuré. Marc, as-tu du cœur ? Toc, toc, toc. Toque toque toque ! Comme beaucoup, son ami a la crainte des dimanches soir, redoutables les dimanches soir avec quelque chose d'inachevé qui s'achève et vous achève avec, l'impression fugace mais tenace que rien ne vous soulèvera plus. On est juste quelque part. Sauf qu'il est perdu, Marc. Largué par sa belle, largué tout court. Et à deux doigts de l'être par Marianne.

Alexandre n'a jamais douté de l'amour, c'est juste de lui qu'il doute. Il n'éprouve aucune inquiétude ou aucun manque à ne pas être amoureux, il se garde, se réserve, sans être sûr de rien, avec une foi farouche en ce qui va arriver... ou pas. L'amour au rabais, trop peu pour lui, vraiment, il n'aime pas l'eau tiède. Il a beau s'appeler Alexandre, il n'a gagné aucune bataille, ni fait aucune conquête. Parce que son cœur voit trop grand ? Elle vient d'où, l'expression « tomber amoureux », on se redresse, non, à ce moment-là ? À moins que ce ne soit un avertissement, du genre plus dure sera la chute. Il ne croit pas qu'il y ait obligatoirement en ce bas monde un cœur et la vulve qui va avec. Sauf que si, et les deux sont devant lui.

Elle déteste être moyenne

Elle s'est réveillée repulpée de l'intérieur, bien décidée du haut de son mètre cinquante-neuf, même pas soixante, à signer l'armistice avec une fille qu'elle aime à croire impudente et imprudente. Rosalie Sauvage a tout fait pour gagner le centimètre qui lui manquera toujours. Elle a mangé de la soupe pour dix vies – elle n'aime pas la soupe –, à treize ans elle a cassé sa tirelire et installé des anneaux de gymnastique dans sa chambre et elle s'y est suspendue soir et matin en priant pour ne pas avoir des bras de singe. À dix-sept elle a pu ajouter des poids à ses chevilles, aspirant désespérément au centimètre manquant, rien n'y a fait. Elle s'est convaincue d'être minuscule alors qu'en fait elle est dans la moyenne, et c'est ça qu'elle déteste... être moyenne. Quand elle se tassera, il restera quoi ? Pour finir, comme elle ne triche pas, surtout avec elle, Rosalie Sauvage a mis un point d'honneur à dédaigner les talons. Elle aura trente ans le mois prochain et elle sursaute encore chaque fois que sa mère lui donne du *ma grande*, sa génitrice n'arrive pas à l'appeler autrement, ce n'est pas faute de lui avoir demandé. Ma grande ; sa mère s'adresse à elle et Rosalie Sauvage se fait l'effet d'une imposture.

Elle en a développé une propension phénoménale à ne pas se laisser écraser. Les bienveillants diront qu'elle a du tempérament, les autres qu'elle est une emmerdeuse, tous s'accordent à lui trouver belle mine. Une poitrine de poupée, les genoux et les mains potelées, une geisha en formes. Hardie et ardente, elle l'a écrit en rouge au marqueur sur sa nuque plaquée sur le réfrigérateur. Et à défaut d'être marquée au fer, ces mots lui rappellent sa réticence à n'être qu'une ravissante donzelle, une délurée, la fille adorable dont on raffole.

À n'être que celle-là.

Il regarde tout avec distraction, à commencer par lui

Dans ce moment où tout est arrivé, Alexandre revenait du marché, le panier plein, pesant au bout de son bras. Il avançait, pressé de rentrer mais un mouvement derrière la vitrine et sa dizaine de mannequins sans tête l'ont arrêté. Ce n'est même pas leurs poitrines conquérantes ni les silhouettes aux proportions parfaites recouvertes de falbalas qui suspendent son pas. À l'exception des films sur grand écran, Alexandre regarde tout avec distraction, à commencer par lui. Il trouve salutaire de ne pas s'accorder trop d'importance. On le voit volontiers comme un jeune homme inachevé, exalté. Pour l'instant, le jeune homme a le nez collé à la vitrine d'un magasin et tout son être est rivé au dos d'une femme devant un grand miroir, la nuque à découvert, des cheveux courts en pétard, marron glacé – et Alexandre adore les marrons glacés. Ne pas voir son visage donne des perspectives. Il remarque le tissu plaqué à même les fesses, la cambrure flattée. Il soupçonne des voluptés. À suivre et à provoquer. Elle se toise, elle est conquise. D'elle, il ne voit que le verso, pourtant déjà il a ce désir de mordre son rire.

La rencontre sans avoir rien fait pour qu'elle advienne. Reste juste à ne pas passer à côté, à en reconnaître la forme charnelle, et soudain tout ce que notre tête, nos organes, recèlent de secret, de tumultueux et d'insatisfait est sur le qui-vive. Est-ce son cou incliné alors qu'elle se regarde dans le miroir, qu'elle se jauge et s'admire ? Sont-ce ses omoplates saillantes, comme il les préfère ? Tout ce qu'il détaille dans cette seconde, et devine d'un dos amplement exposé, la robe qui lui saisit la taille, et un peu plus bas où certainement il voudrait basculer, et elle se déploierait. Il aime sa façon de bouger, mains sur les hanches devant son reflet, satisfaite de son effet ; il n'a même pas besoin de la voir de face, elle s'évalue parce qu'elle est belle, non ? Et même si la beauté n'est pas affaire de courbes mais de tempérament, l'union des deux ne gâche rien. Il ne parvient plus à s'extraire de toutes les promesses que ce dos pourrait contenir, et la buée sur le carreau de la vitrine en atteste. Le voyant là, proche d'être transformé en statue de sel, une des vendeuses à l'intérieur s'agite. Alexandre ne s'explique pas cette attirance, il n'y comprend rien, il sait qu'elle commence. Et cela fait presque mal. Pour la première fois la possibilité du bonheur lui fait peur, et s'il en était privé ? Dans cet instant de la rencontre, il découvre à quel point on est vulnérable, à quel point on est seul. Et son propre contour reflété dans la vitrine ne manque pas de lui rappeler qu'il est dehors, bien incapable d'atteindre un des mannequins derrière le carreau. Machinalement il les compte : huit, ils sont huit, le nombre exact de femmes qu'Alexandre a tenues dans ses bras. Pour qu'aujourd'hui il n'y en ait plus qu'une ? Il est le crédule qui demande à croire ; que le hasard qui ne veut rien veuille être destin. Avec pour elle et lui un sens obligatoire, et que ce qui est incertain mais inévitable advienne. Il n'analyse pas, il ne rationalise pas Alexandre, il ne comprend qu'une chose : ce dos. Sa peau ; des muscles et des veines, une architecture pleine de nervures qui dessine des lignes de vie, des lignes de chance, et un cœur qui bat, qui bat. Cette femme-là n'est pas de pierre, il voit leur vie ensemble, il voit qu'il pourrait l'aimer tout le temps le plus longtemps, et l'existence n'en sera pas forcément plus douce mais justifiée. Parce que même les jours ternes il l'appellera ma beauté, il y aura des lassitudes empreintes de renoncements, un relâchement et la vie qui passe par là. Il ne pense pas au sexe, pas encore, il sera ce qu'il doit être, se méfiera de la performance, lui préférera des fous rires au lit, un étonnement. Et il apprivoisera l'habitude, l'inévitable perte du désir, le rouleau compresseur du quotidien qui vous écrase.

On lui demanderait : « Et alors, raconte ? » Alexandre resterait muet, seulement voilà, il l'aime déjà. Une fraction de secondes a décidé de ce que serait leur vie ensemble. Et c'est ainsi que l'on reste un homme.

Elle arrachera d'elle des mots qui la griffent

Elle a douze ans et elle s'est mis en tête d'être la préférée de son père, pas sur un terrain de foot comme ses frères mais sur celui de la malice. Le père et la fille s'y rejoignent, alors la petite Rosalie Sauvage en rajoute, c'est elle la complice de son père, elle qui le fait rire ; elle a bien vu que sans elle il ne s'amuserait pas beaucoup, c'est à celui des deux qui fera le plus de blagues. Bien sûr elles ont le don d'exaspérer sa mère, un rien l'ulcère, chaque soir quand son père rentre, c'est la fin du monde. Sa femme le tyrannise, elle n'a que ça à faire, ses trois gosses s'élèveront sans elle, elle est peut-être là l'explication du mètre cinquante-neuf ! Une nouvelle fois, la gamine a senti comme l'air se chargeait d'une tension dès l'instant où ses parents sont dans la même pièce. Dans quelques secondes on entendra les reproches voler. La petite Rosalie Sauvage a l'idée de se cacher derrière les rideaux dans le salon, elle en sortira comme un diable de sa boîte au moment où sa mère entrera, hurlera un « Surprise ! » tonitruant, coupera le sifflet aux invectives maternelles près de fuser, et elle aura sauvé son papa.

Elle se dirige vers la fenêtre, met un doigt devant sa bouche, son père sourit, elle se fait encore plus petite et attend le cœur battant derrière la lourde tenture, seulement, avant qu'elle ait le temps de surgir, sa mère sort la méchanceté de trop, qu'on ne pense pas forcément mais qui vous échappe, et elle fait mal. Cette fois elle n'est pas destinée à son mari, « T'as vu comme ta fille ne se tient pas droite ; déjà qu'elle est pas bien grande, bossue ça ferait beaucoup, dis-lui, toi, de se redresser. Qu'elle prenne exemple sur ses frères. On n'aurait jamais dû l'avoir tu sais, déjà avec les deux premiers j'étais juste morte de fatigue, elle m'use cette gamine. » Son père baisse les yeux et il ne va rien dire. Et elle la petite Rosalie Sauvage, elle étouffe derrière sa tenture, elle avale des bouffées de poussière qu'elle a dérangées, s'empêtre dans le tissu qui s'entortille à ses chevilles, elle va finir par sortir la tringle du mur, et elle arrachera d'elle des mots qui la griffent, mais non, elle se voûte encore plus et elle se ratatine. Elle le décide là sans le savoir encore : elle ne mettra jamais de rideaux à ses fenêtres.

Le dimanche suivant, son père les quitte sans avoir rien redressé. Est-ce qu'il aura eu peur de sa lâcheté et préféré s'en éloigner ? Elle ne l'a guère vu depuis, il a fallu choisir, elle n'allait pas elle aussi abandonner sa mère. Au tour de cette dernière de se tasser, et elle se répand tant ses hanches ont enflé. Voilà comment une petite fille se convainc d'être la source du chagrin maternel. L'enfant de trop, qui fait que ses parents ne supportent plus la vie qu'ils ont, l'enfant à qui la famille ne survivra pas.

Le cœur comme un poing serré

Il fait quoi ? Il entre, propose à ce dos et à la femme à qui celui-ci appartient de partager une figue tout juste achetée sur le marché à la vieille aux yeux délavés ? Depuis qu'il est môme, Alexandre se dirige systématiquement d'abord vers l'étal de la vieille – elle n'a pas toujours dû avoir les yeux délavés, ils devaient encore être myosotis quand son père a commencé à lui acheter des fruits. Qui sait si toutes ces années elle n'aura pas fait sa cueillette en pensant à cet habitué trop silencieux, qui se régalait de fruits ramassés pour lui, et les savourait comme s'ils étaient son verger. Alexandre aime à le penser, il a tendance à inventer au quart de tour, à surimaginer, plus attentif à ce qui pourrait être qu'à ce qui est. Il est alors plus en accord, si ce n'est avec le monde, avec lui-même. Suffisamment. Il est du genre à se dire qu'hier n'était pas si mal, que demain sera mieux, et qu'un jour la vraie vie commence. Si on prend aujourd'hui, ç'aurait pu être le pire qu'Alexandre ait vécu, sans ce dos derrière la vitrine.

La journée a commencé au funérarium, à regarder son père devenir une poignée de cendres versées dans une urne présentement au milieu de figues et de tomates dans son panier. Face au cercueil enfourné, il a eu l'impression que ça y est, il y était, dans la vraie vie. Et que ça ressemblait à la mort.

La vieille dame a réservé ses meilleurs fruits au père, on peut croire qu'elle continuera avec le fils. Alexandre n'était pas plus haut que ses pommes, à hauteur de ses cagettes, quand deux yeux qui n'étaient pas encore délavés se sont posés sur un petit garçon curieux de l'étrange cérémonie à laquelle on le conviait.

— Tu sais, petit, comment on fait avec l'amertume ? Regarde, tu prends un couteau dans une main, le concombre dans l'autre, tu coupes au bout, et tu frottes. Tu vois ? Toute l'amertume sort.

Et c'est vrai, là où la chair venait d'être sectionnée, frottée, une écume, presque un bouillonnement, avait recouvert l'extrémité. Quelque temps après, seul dans son lit d'enfant, il l'avait reconnue. Il y avait été de bon cœur, surpris de la quantité d'amertume qui sortait de lui. Sensible au bienfait qu'il trouvait à s'en débarrasser, vigoureusement et sans relâche. Des années que ça dure, et il s'étonne toujours de la substance qui ne se tarit pas, la sensation en se caressant de partager un secret avec la terre. Très tôt, ses mains lui ont enjoint de trouver le plaisir, son urgence, l'impression de les regarder faire, comme si c'était elles qui réclamaient de rejoindre son sexe, de s'occuper de son désir. Elles ont su comme des grandes où appuyer pour que cela sorte furieusement et c'est délicieux ; comme si elles étaient nées, ses mains, en sachant tout des rotations, des mouvements, du rythme, des accélérations, une retenue et à la fin le grand galop, la possibilité d'une quiétude, loin, très très loin, et pourtant elles la trouvent, et c'est immense. Chaque fois il doute de l'atteindre, chaque fois c'est une gratitude envers il ne sait quoi au juste, il ne sait qui. Il n'est jamais aussi seul, il essuie ses doigts, revient dans ce corps dont il s'est extrait momentanément et ses mains continuent comme si de rien n'était, elles lui permettent de rester en retrait. Pourquoi n'arrivent-elles pas à ouvrir la porte de ce magasin ? Son panier pèse au bout du bras mais là aussi impossible de le poser, quand il n'a qu'une envie, s'emparer de ce dos et la chérir, cette femme. Ne pas en être pétrifié. Si ses mains arrivent à ouvrir la porte, il sera obligé de suivre, il attrapera cette nuque, la serrera, quelle caresse ce sera. Mais non, ses mains le lâchent, les incrédules, elles l'embarrassent, il a beau les implorer et leur ordonner, il reste là défait, le cœur comme un poing serré. À trente-trois ans, il a l'âge d'être crucifié, c'est chose faite, cloué sur place, il l'est, manque la résurrection.

Elle s'est bradée un temps, certaine de ne s'être jamais donnée

Si on considère que boucler un budget pub à trois bâtons est une vie réussie, que baiser entre deux rendez-vous est toute votre vie toute la vie, une amnésie passagère est hautement autorisée. Recommandée même. Rosalie Sauvage s'est révélée tôt assez douée pour vendre à peu près tout, à commencer par elle. Bachelière dans une petite ville bien pourrie à la frontière belge, elle en a fichu le camp avant sa majorité, achevant de liquider son enfance et les parents qui vont avec, trop heureuse de ne pas avoir pris l'accent. Elle a fait deux jours chez McDo, assez pour vouloir changer de rubrique des petites annonces… Au moins, avec elle, les clients avaient quelque chose de comestible à se mettre sous la dent, elle aurait pu faire carrière, peau de velours, corps miniature et rond, ferme, nuque souple et une bouche, tout le sang, et pas que, afflue là. Cette puissance d'être la réponse à une avidité. Elle a eu son compte de presque vieillards, elle était leur veilleuse avant le noir. Elle s'est bradée un temps, certaine de ne s'être jamais donnée. Après, elle a continué avec la pub, excessivement bien rémunérée, un métier de putes. Là aussi c'est fini, elle a arrêté avec les idées géniales toutes les deux secondes, et les vols privés à destination d'Harare ou de Windhoek pour un shooting de plus. Bureau sur les Champs-Élysées, secrétaire personnelle, cohorte d'assistantes stagiaires, Rosalie Sauvage a fait ses premières armes dans une grande agence publicitaire parisienne, dont on lui a confié le budget cinéma. Bombardée responsable de l'événementiel des deux plus gros clients de l'agence sur sa belle mine, et peut-être aussi grâce à son niveau de vocabulaire. Toujours son aptitude et son penchant à se singulariser, elle continue à apprendre par cœur des anthologies de poésie quand d'autres cassent des briques sur des jeux vidéo. Elle n'a pas mégoté ses heures, d'ailleurs elle a rarement eu l'impression de travailler, elle s'amusait, comptant sur des facilités certaines pour aguicher, se poudrer le nez et pas seulement avec de la poudre de riz ; son atout : elle ne marque pas, aucun cerne. Le pic ? Le festival de Cannes. Elle y gérait l'événementiel de la compétition officielle et l'organisation des soirées d'ouverture et de clôture. Elle croyait adorer, elle a détesté. La semaine qui précédait le festival, ne reculant devant rien, elle se rasait la tête, réglant les soucis de coiffure et gagnant de précieuses minutes sur un emploi du temps imbécile. Elle avait ses habitudes au Carlton, s'y réservait une minisuite côté mer, même si en dix ans elle ne l'a pas regardée une fois, pas plus qu'elle n'aura vu de films. À l'aube, elle s'efforçait de rentrer seule ayant appris ce que peut avoir encore de plus accablant, alcool aidant, un piètre amant.

En multiple rouage de la machine cannoise, Rosalie Sauvage n'a été ni plus ni moins remarquable qu'une autre, et après dix jours de festival, elle se faisait fort d'être encore en état de marche, ses cheveux ayant même commencé à repousser. Elle rentrait à Paris vannée, avec le sentiment du devoir accompli.

À son dixième festival, elle a subitement eu envie de voir la mer, et pas d'un de ces yachts de mafieux russes pour la traite des starlettes. Respirer un peu d'écume loin de tout ça, mais après dix jours de fausses festivités, elle était repartie sans un regard pour la mer, trop souillées l'une et l'autre.

Le sexe et le travail avaient commencé de concert, ils coïncidaient, s'emboîtaient bien, et elle avait pensé être pour une fois une grande fille, n'avoir rien à perdre, si ce n'est se perdre. Un lapin pris dans les phares des voitures, ébloui avant d'être écrasé. Elle n'a pas attendu qu'une entreprise la liquide après des années de bons et loyaux services en lui faisant croire que le chiffre d'affaires était le premier touché. Elle a préféré pointer vaguement un index yeux fermés au-dessus d'une carte de France et elle a atterri à Toulouse sans y connaître personne, croyant même y trouver la mer puisque c'était le Sud. Quelques secondes les yeux fermés et elle avait franchi des montagnes et un bon nombre de départements. À peine arrivée, elle a proposé ses services à trois agences de communication de la ville rose, hésitant à se présenter à Event 3000 tant le nom lui avait paru ringard, provincial. Après deux entretiens avec Marc, elle avait divisé son salaire par trois, ses impôts par quatre, et amélioré son niveau de vie. Il a fallu Toulouse et Marc pour connaître ce qu'elle appelle son premier amant d'âge, trente ans et non, a minima, trente ans de plus qu'elle. Et Rosalie

Sauvage a commencé à réfléchir à quel genre d'homme elle pourrait aimer. Chaque fois l'image d'un grand mât lui venait. Parce qu'il avait fière allure et défiait les tempêtes ? Elle ne se dit pas : il sera brun ou aura les yeux verts, svelte avec de longues mains, simplement qu'il sera celui qui lui ira le mieux, un vaisseau insubmersible, il la prendra à son bord et lui donnera un élan par mille nœuds.

Garder ce qui a disparu

Un père et son fils assis côte à côte au troisième rang d'une salle de cinéma. Alexandre a grandi au Rosebud, tout leur monde. Jusqu'à il y a peu, il pensait en avoir les clés à vie ; il aime à croire que personne à part son père et lui ne s'est assis dans leurs deux fauteuils. Ses pieds d'enfant, une fois qu'il y était adossé, ne touchaient plus terre. Il est devenu celui qu'il est dans le noir, les yeux écarquillés devant un écran, ce n'est qu'une fois dehors qu'il les ferme pour ne pas les salir.

Il n'a jamais eu envie de savoir quels genres de femme ou d'homme étaient ses parents. Ils sont morts puisqu'ils l'ont abandonné. Il n'allait pas en plus épuiser une existence à les espérer. Ni troubler avec ses questions et ses attentes, son traumatisme d'enfant trouvé, celui qui l'a adopté et que le petit Alexandre a définitivement préféré à tout autre père, après qu'il l'eut, lui, choisi le premier. Une seule fois, l'orphelin qu'il n'a pas voulu être a pris le dessus. Croyant que sa mère lui manquait, le jeune Alexandre en avait fait les frais auprès de ses petits camarades d'école, et il était revenu couvert de bleus après être resté en boule pour encaisser les coups sans broncher. Toutes les différences sont bonnes quand il s'agit de cogner, celui-là n'avait pas de mère, eh bien il allait le payer ! Son père le matin avait laissé devant la classe un enfant sage, on lui rendait un punching-ball.

— Je ne sais pas où est ta mère, Alexandre.
— Et je fais comment pour me défendre ?
— Pourquoi tu t'es battu, fils ?
— Je ne me suis pas battu.
— Ah.
— Je les ai laissés faire.
— Et pourquoi ?
— Parce que.

Jusqu'à l'incinération de son père ce matin, avant d'être Alexandre, il a d'abord été le fils de Pierre. Le fils d'un résistant de même pas quinze ans – il aura valu bien des hommes et en aura sauvé. Foncièrement pacifiste, pas du genre à dire à son gosse « Bats-toi si t'es un homme. »

Tous les deux ce soir-là, au retour de l'école, assis côte à côte dans leurs fauteuils au Rosebud, et silencieux, un moment. Suite à son tabassage, le petit Alexandre avait eu besoin que ses pieds ne rencontrent plus le vide, et il arriverait bien à mettre la main sur une maman, le temps de la montrer aux copains.

— Tu me dis alors ? Elle est où ?
— …

— Papa, je n'ai que deux yeux. S'ils cognent trop dessus, je ne pourrai même plus voir les films avec toi.
— On va trouver ce que tu vas leur raconter, fils.
— Au moins, ils croient que t'es mon père, déjà. On leur dira jamais que c'est pas vrai, d'accord ?
— Bien sûr que je suis ton père.

Et Pierre avait approché un peu plus son regard du visage tuméfié de l'enfant, concentré sur l'histoire à dérouler, comme si l'amour qu'il mettrait dedans protégerait le petit des coups pour toujours.

— J'ai pas voulu faire semblant d'aimer une femme pour avoir un gamin, tu comprends ? Ta mère, elle était perdue, ou trop jeune pour t'élever, c'est comme ça. Tu te souviens de Lara dans *Le Docteur Jivago* ? Avec ses yeux effrayés et si purs. Celle que tu trouves tellement belle. Avec le gros bonhomme au début, qui l'emmène au restaurant.
— Je l'aime pas, celui-là.
— Et il y a Jivago, il va la soigner même si le gros bonhomme ne lui plaît pas non plus.
— C'est toi qui as soigné ma maman ?
— Non, Alexandre, je ne l'ai jamais rencontrée mais on peut dire qu'elle était comme Lara.
— Tu crois qu'elle est aussi belle, ma mère ?
— Plus belle.
— Tu crois vraiment ?!
— Bien sûr, c'est ta mère, non ?
— Et mon père, il est gros alors ?

La douceur d'un père quand il répond à tout.

— Tu es arrivé, Alexandre, et tout était mieux. Pour moi et, je crois, pour toi. Je serai toujours là, mon garçon.

Pas fils, mon garçon. Tous les parents veulent y croire et tous les enfants le leur réclament : être toujours là. Son père est parti en fumée ce matin, au fils maintenant de faire qu'ils restent ensemble le plus longtemps possible. Il ne saura sans doute jamais qui est sa mère mais il fera en sorte que son père respecte sa promesse et ne le laisse jamais.

Avant que les bleus de son garçon n'aient eu le temps de devenir jaunes, Pierre lui avait donné une de ces photos que l'on mettait alors à l'entrée des cinémas pour accroître chez le spectateur son envie de voir le film ; elles révélaient beaucoup sans rien en montrer, le mystère n'en était que plus grand et entrer dans la salle, c'était s'en approcher. La photo était un portrait de Lara.

— Je pourrai l'emmener à l'école ? Les copains, ils diront plus rien quand ils la verront.

Son père avait fait ce qu'il fallait, confiant dans la blondeur de Lara, et c'est vrai, elle avait réchauffé jusqu'aux cœurs les plus sceptiques, et tous à l'école ils étaient tombés amoureux de sa mère.

Nul n'avait songé à y revenir, Pierre serait toute sa famille. À toute équation possible, Alexandre avait préféré celle-là, bien plus que d'être le résultat d'un problème, et de ce jour il avait décidé que le cinéma les résoudrait tous, les problèmes. Seulement, même les films ont une fin. Cette nuit, Alexandre s'assiéra au troisième rang devant l'écran et le fils projettera *Le Dernier des Mohicans* à une urne et à l'enfant que les cendres qu'elle contient ont élevé. Avec son ciel percé de lumières éteintes depuis longtemps et son final en demi-teinte parce que la mort est passée par là, ce film lui raconte d'abord ce que son père a voulu être pour lui : un homme qui en élève un autre, même s'il n'est pas de son sang ; et cette histoire avant tout lui dit qu'il est un enfant choisi et non abandonné.

Quand l'un des deux avait une baisse de régime, une petite enclume bien installée sur l'estomac, un de ces doutes – ils creusent et vous perforent –, ils se le programmaient et tout de suite ça allait mieux. Ce film jusqu'ici a empêché les lézardes de devenir des brèches.

Cet enfant qu'Alexandre veut être encore lui intime de croire que seul vaut de vivre comme dans les films, eux uniquement feront que sa vie sera vraiment la sienne, grâce au cinéma, aux centaines d'heures dans le noir. Il ne s'agit plus d'avoir raison ou tort, il s'agit de s'en sortir. Son père est mort, leur cinéma lui aussi partira bientôt en fumée, et plus que jamais il va lui falloir s'accrocher à ce que Marc, en se moquant, appelle la prophétie du Rosebud. En croyant à ce point aux films, en leur donnant tout pouvoir – ce que la majorité considère comme un délire –, il lui a semblé qu'ainsi il réussirait à vivre. Il n'a jamais cru en autre chose. Jusqu'à ce dos. Cette femme derrière la vitrine, si tout ce qu'il ne voit pas d'elle et reconnaît en elle agit ainsi sur lui, si toutes les histoires d'amour vues au cinéma ne sont pas que des songes, alors elle justifie tous ses choix et ses refus. Seulement, il y a cette robe qu'elle est en train d'essayer… Il ne veut pas y penser maintenant. Il ne met aucune urgence à ce qu'elle se retourne, elle est d'une telle évidence ; heureusement que les miracles arrivent même si on n'y croit pas. Les films que préférait son père étaient remplis de destins contraires, Alexandre y aura appris que le chagrin parfois apaise. Comment il fait sans Pierre ? Quand cette nuit sur l'écran, Chingachgook, le dernier des Mohicans, enjambera des précipices pour être sans relâche au côté de son fils adoptif, celui de Pierre sait qu'il tendra la main vers un fauteuil vide, ce qu'il reste d'une vie passée là. Comme tous les fils sans leur père, Alexandre vacille, seulement il tombe amoureux. Et il va aimer avec plus de force encore que celle qu'il a trouvée dans les histoires grâce auxquelles il s'est forgé une morale. Ce dos il l'imagine comme une roche, le soleil peut être couché depuis longtemps, elle en retiendra la chaleur. Est-ce que ce n'est pas ça, faire l'amour ? Garder ce qui a disparu.

Devenir la moitié d'une moitié… non merci

Par habitude, elle a cédé au désir de Marc, se persuadant même qu'un homme de son âge la nettoierait des presque vieillards et de leur carcasse en bout de course, leurs os fatigués, poursuivant dans un semblant d'étreinte ce qu'ils ne sont plus. Elle a trouvé une satisfaction à procurer à ces hommes une dernière victoire, le mirage d'une vigueur illusoire, la possibilité d'un grain de peau sans pareil alors qu'on arrive à l'âge de sauver la sienne, de peau. Cette émotion à se livrer à ses vieux amants, comme si elle pouvait les sauver, Marc ne peut la lui donner. Sans compter qu'au lit Marc tient davantage du sot que du vaisseau. Le cœur de Rosalie Sauvage manque d'exercice, nul jusqu'à présent ne l'a fait battre. Elle n'en est que plus apte à avoir fait prendre des vessies pour des lanternes à la cohorte de mariés Event 3000 prêts à payer leur futur naufrage. C'est ça, Event 3000, un grand fourre-tout dirigé par Marc, spécialiste en n'importe quoi. Est-ce qu'elle se mariera un jour Rosalie Sauvage ? Il y a déjà dix ans, elle a acheté un lot de cartons d'invitation en se disant qu'ils seraient parfaits pour son mariage. Vingt femmes minuscules dont on se dit qu'elles ne sont qu'une seule dans vingt tenues différentes, et au milieu d'elles un homme sur des échasses. Ces cartons sont toujours dans un tiroir et y resteront, à moins qu'elle ne finisse par les jeter. Elle en a eu, des demandes, tous étaient déjà mariés. Elle est du genre que l'on prend d'abord. Si elle avait continué avec Marc elle n'y aurait pas coupé. Devenir la moitié d'une moitié… non merci. Elle a quand même eu envie d'essayer une fois une robe de mariée, une vraie, une somptueuse, une faite juste pour elle ; on se persuade de beaucoup. Une qui irait avec une fête qui va de soi et ne cherche pas à en être une, avec de grandes nappes blanches que l'on ne repliera pas à la fin de la soirée. Et dire qu'à Kyoto des quadragénaires sans mari se payent une journée de mariage simulé…, un « solo wedding », avec en point d'orgue ce rituel : l'essayage de la robe d'un jour qu'elles immortaliseront dans une forêt de bambous, en étant seules sur la photo. Elles arrivent à sourire mais parviennent-elles à en sourire ? Ni plus ni moins que Rosalie Sauvage en ce moment devant son miroir, contemplant celle qui s'enfuit et demeure, une petite fille qui ne sera jamais une grande femme.

C'est plein de chagrins, un bonheur

Aucune femme n'aurait pu le décevoir, il est resté à distance, y entrant sans rien en pénétrer. Alexandre ne fait pas l'amour, il se débarrasse d'une électricité. Une fois introduit dans une femme, c'est comme s'il débranchait la prise. Il n'y a plus de tensions après.

Il ne sait jamais mieux qui il est qu'en avançant les yeux fermés. C'est son truc, son petit triomphe, marcher sans regarder où il va, se coltiner des obstacles imaginaires, qui vous obligent à ouvrir les yeux. Il a beau savoir qu'il n'y a aucun danger devant, il butte sur rien. Et il était bien près de longer en aveugle la vitrine de ce magasin s'il n'y avait eu un infime mouvement derrière les mannequins sans tête. Cet infime qui le retient. Il fait quoi maintenant ? Il se décide à pousser la porte de ce magasin et il fait sa demande ? Il n'a qu'à se persuader être dans un film de Truffaut. « Avaient-ils jamais rencontré ce sourire ? Jamais. Que feraient-ils s'ils le rencontraient ? Ils le suivraient. » Face au reflet de celle qu'ils se sont promis d'aimer si un jour ils la trouvaient, Jules et Jim n'hésitent pas, eux. Si ce n'est que sa promise, à Alexandre, est en train d'essayer une robe de mariée. On connaît la suite : cérémonie, échange des serments, et Alexandre ne veut pas d'une femme infidèle. Depuis qu'il l'observe dans sa robe blanche, il aurait pu déjà se répéter cent fois : j'arrive trop tard, eh bien non, il penche pour le rien n'est fait, tout est à faire, en s'interrogeant sur les délais entre l'essayage de la robe de mariée et le passage devant le maire. Trois mois ? Huit jours ? Il va devoir forcer sa nature et entrer dans ce magasin. S'il attend davantage, il y aura un mariage et il risque fort de ne pas être le marié. Comment la convaincre que cette robe bustier qui lui moule adéquatement les fesses, est précisément pour qu'elle l'épouse lui ? « Si tu décides que c'est vrai, ça le devient. » Il soupçonne son père d'avoir programmé *The Swimmer*, avec un Burt Lancaster en maillot de bain, uniquement pour cette phrase et la lui faire entrer dans la tête. Il aura voulu faire passer un message à son fils. Alexandre ne compte plus le nombre de fois où il s'est repassé la scène quand Lancaster, vaincu et désenchanté, murmure à un gosse désemparé devant sa piscine vide « Si tu décides que c'est vrai, ça le devient », histoire d'éviter au môme de vouloir un jour nager à son tour dans des bassins remplis de néant.

Il en fait quoi de cette femme ? Elle ignore jusqu'à son existence et impose pourtant qu'il n'y ait plus personne d'autre. Qu'a-t-elle de commun avec la Catherine de Jules et Jim ? Insolente, violente, tourmentée, indocile, si entière qu'elle en devient dangereuse.

La seule chose à retenir d'Alexandre dans ce premier tiers de son existence est sa conviction que l'on doit vivre en protégeant coûte que coûte ce qu'il nous reste d'émerveillement, que l'on ne peut vivre qu'ainsi, et peut-être on y arrive, en ne trompant personne, surtout pas soi. Ce devrait être l'affaire d'une vie, ne pas se perdre en chemin. Difficile de rester aussi enfant qu'on le voudrait. Alexandre n'arrive pas à être désespéré de la mort de son père, il en est évidemment bousculé, d'autant que la disparition de Pierre lui en a appris une autre, celle de leur salle, sa fermeture prochaine. Son père n'aura pas voulu voir ça. Pourtant il se dit qu'il ne perd rien tant qu'il reste un petit garçon devant une piscine pleine, même si ce ne sont que des rêves. Ce qu'il a de meilleur n'a pas encore été entamé, il ne sera pas cet homme contrarié qui passe à côté de lui-même. Être définitif ce n'est pas rien et c'est pour elle.

Peut-être du fait de ces milliers de films a-t-il été précocement conscient qu'il pourrait être pénible de vivre… mais il s'en voudrait d'être dubitatif. Dans un film de Lubitsch, ce magasin de robes de mariées ferait un bon décor pour deux ne devant surtout pas se rencontrer et qui finiront par se trouver. Tout serait simple s'il était au Rosebud à regarder les premières scènes d'une histoire qui n'a même pas besoin d'être en Technicolor pour être colorée. Ah ! les ogresses en Cinémascope… il s'assied à leurs pieds au troisième rang et deux heures durant il les adore, Ava, Marlene, Gene, Romy, *La Comtesse aux pieds nus, L'Impératrice rouge*, Laura, Rosalie. Ils se les partageaient avec son père, les femmes d'une séance ne font pas peur – il est vrai qu'elles ne demandent rien, n'attendent pas qu'on les protège et qu'on les fasse jouir, attendent juste d'être admirées en silence. Et ça, il sait très bien faire, Alexandre. Il s'entend encore demander à son père laquelle était sa préférée, « Ce qui est bien, fils, c'est qu'on n'est pas obligé de choisir. La femme facile par excellence, facile à aimer, elle ne nous fait pas de mal. En plus, à la fin, elle ne meurt pas vraiment, et les larmes que l'on a pour elle sont presque douces. Crois-moi, il n'en est pas toujours ainsi. »

Quel genre d'amoureuse son père a-t-il bien pu avoir pour que ça ne marche pas à ce point ? Un enfant a besoin de croire ses parents amoureux, croire en leur bonheur pour qu'il y en ait un peu pour lui. Sinon après on grandit, on décide que le faux est le vrai, et on se sent comme un trophée dont personne n'a voulu. Jusqu'à présent les femmes de sa vie ont été des actrices qui ne sortaient pas de leur rôle. Ou des putains. Avec ces dernières, il évite les salamalecs, les fausses promesses qui fatiguent d'avance. Ce qui était vide en lui, il l'a vidé en elles en se débarrassant momentanément d'une attente plus vaste. Ces filles sont polies comme les pavés d'une église, tout le monde leur marche dessus, elles ont leurs creux et leurs bosses, il se régale de leur chatte, gicle sur la gueule de l'une ou de l'autre, ensuite une douche, comme après un match ; gagné ou perdu, on ne veut plus que l'eau brûlante. Il ne connaît pas grand-chose aux femmes, il n'y est entré qu'en visiteur, pas en occupant. S'il pénètre dans ce magasin c'est le bordel ? Elle dans sa robe de mariée comment elle réagira ? Ah ! il est beau derrière sa vitrine anti-effraction !

Pourquoi les commencements sont-ils une fin ? Il a fallu que son père parte en fumée justement ce matin.

En général, le moment vient où les enfants torchent leurs parents, ça prépare à l'absence, ils sont si mal en point, ils peuvent bien mourir et nous, continuer sans eux. Son père lui a enseigné qu'on ne peut pas vraiment se perdre quand on est un homme bien. Reste à ne pas rater sa chance, quitte à s'accrocher au premier dos venu ? Au risque de le perdre.

À trente-trois ans, on est assez jeune pour croire son père invincible. Il était doux leur compagnonnage, tout se décidait au Rosebud et finissait par exister devant un film. Cela ne faisait pas forcément d'eux des inadaptés, et ne les éloignait pas de la réalité au contraire, ils l'appréhendaient sans qu'elle leur fasse peur. Ces deux-là se sont fait une vie héroïque. Un moment elle a pu être pour Alexandre pleine d'algèbre et de dictées, mais l'essentiel il l'a appris de l'obscurité, une obscurité lumineuse, parce que pendant trente ans un père a programmé son cinéma pour apprendre la vie à son gosse. Tout ce qu'il sait tient dans deux fauteuils côte à côte, au temps passé là. Parfois le film était terminé depuis longtemps mais ils ne bougeaient pas, ne parlaient pas et ces génériques de fin pleins de leurs larmes rentrées les disaient tellement. C'est plein de chagrins, un bonheur, même quand ça se termine bien. Les films le lui ont appris.

Sans rien en dire à Alexandre, son père a signé il y a dix jours l'acte de vente du Rosebud et son arrêt du cœur au passage. Trop de dettes ; garder leur cinéma c'était léguer des impayés à son fils ; le vendre, en faire un début de rentier. Il a, on va dire, choisi et fait affaire avec un gus de la grande distribution. Les minisupermarchés haut de gamme de centre-ville se ramassent, alors vite, on sort une énième idée calamiteuse du chapeau. À l'annonce du décès, l'épicier a vite appelé et c'est là qu'on découvre que l'on peut toujours être plus triste. Alexandre n'est pas du tout certain qu'il en soit de même avec le bonheur. L'autre a quand même osé lui dire : « Nous aussi à notre façon nous sommes des acteurs. Des acteurs majeurs de la grande distribution. Et croyez-moi, jeune homme, on ne manque pas de scénarios. » Une seconde, il s'était vu courageux, lui fichant son poing dans la gueule, une manière d'invalider la vente du Rosebud, il ferait son apache et c'en serait fini d'une énième fumisterie de proximité. Il avait fait ce que beaucoup font : rien. Et s'était dédouané avec des mots, Marc le lui dit assez : « Mieux vaut laisser glisser, avec la connerie. »

Alexandre se trimballe avec des cendres encore tièdes, il est sa seule famille, s'il avance sans pousser la porte de ce magasin, il va où ? Il est quel genre d'homme ? Il a du mal avec le présent. Jusque-là, il n'y avait que le passé parce qu'il n'y avait rien d'autre, et l'avenir parce que ça peut être quelque chose encore. Jusqu'à ce matin ce n'était pas si important ce que la vie lui réservait. Les premiers à s'être passé le mot sur son compte ce sont les enseignants, affirmant ne rien en attendre, ses études en ont été facilitées, Alexandre a toujours établi un sas entre une scolarité inévitable et le jeune homme qu'il devenait. Il s'est borné à passer le concours d'instit, son père le lui a demandé, après il lui ficherait la paix. Ça le rendait dingue de voir ce que l'on faisait des gosses, des clients dès la maternelle ; il constatait le marasme et pensait que son fils pourrait être utile un jour. Avant, les gens avaient un métier, maintenant quand tout va bien ils ont un boulot. On dirait qu'on veut tuer la passion, on dirait aussi que ça ne marche pas. Pourquoi ne croirait-il pas à l'amour tombé d'on ne sait où ? Pourquoi il y aurait que la merde qui vous tombe dessus ? Faut alterner. Marc répète volontiers que Marianne est sa chance. Et cette femme-là, si elle était sa chance ? Il est devant, disons derrière, et il n'a qu'à entrer.

La frime et le néant

Elle se l'est gagné son futur proche sabbatique, elle n'est pas la fille gâtée que certains voudraient voir en elle. En continuant sur sa lancée Rosalie Sauvage aurait fini par s'évaporer, comment se reconnaître après ? La nuit dernière elle a compris qu'il était temps de changer d'échelle de valeur. On devient vite quelqu'un que l'on ne veut pas être, et Rosalie Sauvage refuse de faire le deuil de qui elle est vraiment. Ce matin à l'aube elle a tout envoyé promener et ça lui a fait un bien fou. Sa mère le lui a assez rabâché : « Partir, ce n'est pas un projet. » Le meilleur pourtant qu'elle ait eu jusqu'à présent. Pas la première fois qu'elle s'échappe d'une ligne tracée d'avance. C'est son truc, disparaître, surtout ne pas s'encombrer d'une insatisfaction qui la tourmente suffisamment.

Elle fait quoi dans ce magasin à essayer une robe de mariée alors que son amant du moment est un homme marié ? Un à qui elle n'aurait pas voulu dire oui, de toute façon. À noter qu'on le met au singulier le plus beau jour de notre vie, ça n'engage à rien vingt-quatre heures. Et si pour elle ajuster ses seins dans ce fourreau l'autorisait à en contrarier la vocation de robe d'un jour, et si elle la portait à volonté ? Pour reprendre goût à elle-même, Rosalie Sauvage a tout un arsenal éparpillé dans le monde : une île qui prendrait bien le maquis, un souvenir du Sahara, et quelques promontoires ; cette fois, elle opte pour du satin. En s'y glissant, elle ressent que son corps ne sera pas uniquement un bon outil. Elle va envoyer paître Marc et tous les hommes mariés de la planète, leurs sinistres promesses, fini aussi de se laisser caresser par des presque vieillards, et tant qu'à faire elle arrête l'événementiel, la frime et le néant, où son culot faisait merveille. Pour une fois, il est simple le présent.

Avoir bientôt trente ans suffit pour comprendre que le temps n'arrange pas tout. Forcément. Elle n'est pas du genre à avoir des regrets, et les causes perdues la laissent de marbre, elle leur préfère le doute parce qu'il se dompte. Dans sa robe, Rosalie Sauvage se sent exactement où elle veut être – c'était loin d'être le cas hier au château Labri. De nos jours, tout le monde rebaptise château la première grosse bâtisse venue. Évidemment, on est déçu, on réserve sur Internet et on n'a pas sa nuit de princesse. Elle s'attend toujours à voir des meurtrières et un donjon, elle grimpe facilement dans les tours si on l'asticote. À Labri, les chambres sont des mouchoirs de poche, sombres avec ça. Ce qu'ils appellent spa sur leur site est en fait une grande baignoire à remous, où tout le monde fait trempette avec ses mycoses et celles des autres, ses fesses mal essuyées, autant de bains de siège pratiqués par des postérieurs qui n'ont rien de royal. Elle était déjà allée à Labri il y a huit mois, le 31 décembre, Marc avait été patient, il avait fini par avoir un ticket d'entrée pour son vagin, et elle son CDI. Elle a cru poser ses conditions en imposant la nuit du réveillon et en l'obligeant à mentir à sa femme, pensant également qu'un château ferait passer le tout, elle a eu tort. Elle savait bien pourtant qu'en accompagnant Marc, il ne l'accompagnerait, lui, pas une seconde. Il n'est pas pire qu'un autre et comme elle avait donné dans le réveillon pauvre fille l'année précédente, seule devant une cheminée qui ne fera jamais de braises, une demi-bouteille de champagne vite éclusée et un kilo de chocolat amer tout aussi vite stocké, elle avait opté cette fois pour un pseudo-réveillon dans un pseudo-château avec un amant sous pseudo, l'homme marié dans toute sa splendeur, officiellement en repérage afin d'organiser et de mettre en scène le mariage des autres, leur boulot à tous les deux. Château Labri est à deux heures de Toulouse ; personne dans le château à part eux, même les propriétaires avaient préféré bambocher ailleurs pour cette dernière nuit de l'année. Le réveillon et le réveil se sont révélés lugubres : l'Aveyron un premier janvier, c'est l'époque glaciaire. Pour un premier round au lit, ils ont fait ça habillés et plutôt mal, Marc s'est révélé sans surprise et n'est pas parvenu à la réchauffer.

À l'époque où il a recruté Rosalie Sauvage, Marc n'avait pas les mains moites, c'est venu après qu'il a commencé à se l'envoyer. Des mains de plus en plus liquides, au point qu'avant de la toucher Marc en est à se les essuyer le long de la jambe ou à se frotter les doigts – ce qui achève de la refroidir. Elle s'épargne désormais de lui serrer la main, non parce qu'il est son amant mais pour éviter un contact inutile avec une paume humide, quand, elle, n'a jamais été aussi sèche.

Qu'on ne s'y trompe pas, elle l'aime bien, Marc, tout le monde l'aime bien à l'agence. Event 3000 a réussi à se poser en passage obligé si l'on voit les choses en grand et que l'on veut faire la fête dans cette ville. Marc n'embauche que des jolies filles, implique ceux qui le secondent, la boîte marche, l'équipe est soudée, les primes généreuses. Jusqu'à ce que Rosalie Sauvage soit pour Marc un caillou dans sa chaussure. Il est amoureux, elle pas, mais pas du tout. Leur duo fonctionne pourtant parfaitement dans le travail, ils se complètent dans ce qu'organiser la joie des autres peut vite avoir de pénible. Son CDI empoché, il lui a cependant fallu prendre ses distances avec un boss en caleçon ; il est toujours étrange quand on reste à quai d'observer un qui vous aime. Elle laisse faire, à des encablures de lui ou d'un autre, elle s'endurcit.

En fait, Marc n'a pas grand-chose à voir dans sa décision de bouger une nouvelle fois les lignes de sa vie. Qu'il soit marié lui allait, c'était la garantie de ne pas l'avoir sur le dos en permanence, elle se fatigue vite à ce petit jeu. Passé les prémices et l'étude de la panoplie d'émotions momentanément redevenues neuves, elle n'y est plus. Elle l'a su d'emblée, Marc n'est pas le bon, celui qui va avec la tour, le donjon, et alors plus besoin de château.

Leur premier séjour à Labri le 31 décembre est passé en note de frais, et le mariage pour lequel ils étaient venus en repérage a eu lieu hier. Les énièmes mariés de Labri ont voulu du grandiose, un bon budget pour

Event 3000. Rosalie Sauvage sait d'expérience que les couples encaissent mieux la facture d'Event 3000 que celle de la vie à deux. Marc aime à répéter que Rosalie Sauvage passe bien avec les couples, il sait de quoi il parle ! Il était convenu que Marc l'attendrait au lit pendant qu'elle veillerait à la bonne tenue du plus beau jour de leur vie – celui de leurs clients. Une fois la sono et les lumières éteintes, elle a dû se motiver pour rejoindre Marc dans leur chambre, même si on était loin des – 5° C de la nuit du nouvel an, elle restait frileuse. À quatre heures du matin, les invités partis et la famille des mariés installée sur place, il a bien fallu se coucher. Marc ronflotait, et Rosalie Sauvage a reculé devant le risque de le réveiller en entrant dans le lit. Marc grognait maintenant, comme s'il entendait tout ce qu'elle ne lui dirait pas, il s'était retourné et de le voir entortillé dans le drap avait activé une angoisse, soigneusement contenue et qui déboulait sans crier gare, comme si ce lit soudain grouillait de trop de chimères, de luttes sans vainqueur. Marc ne lui manquera pas. Elle ne fera pas un souvenir de leurs étreintes. Son être, personne n'y touchera à moins d'en être le maître, alors il n'y aura rien à protéger et elle pourra sortir de cet étau volontaire qui l'écrase dès que l'on entre en elle. Comme chaque fois, il y a eu avec Marc ce bref moment du désir, mais à l'instant où elle décide d'y aller, elle n'y est plus. Demeure une contrainte invisible pour ses amants, contrainte qui l'occupe plus que tous ces appendices sans surprise, avec leur secousse promise, rarement tenue. Déjà à seize ans, elle avait ce désir de décortiquer le plaisir qu'elle pourrait non pas recevoir mais donner, ressentant un orgueil à y exceller.

À débusquer l'orgasme d'autrui. Quinze ans après, face à Marc endormi, elle n'a plus voulu sentir le poids d'un énième corps s'activant sur le sien. Elle avait eu envie d'air frais, pas d'un mauvais sommeil, décidée à ne pas risquer une érection matinale d'un homme plus gentil que la moyenne – mais ça ne fait pas tout. Elle avait alors repoussé les volets, basculé son corps appelé par la nuit dehors, ce qui ne lui avait pas suffi, et elle avait enjambé la fenêtre. Quelle puissance elles donnent, les heures suspendues volées au sommeil, il faut que tout soit immobile, s'abandonner à des sons que seule la nuit délivre. Le calme vous entre dedans et c'est doux, on devient ce que l'on entend, une intensité. Le contraire de l'insomnie, où il n'y a qu'une lutte, échapper à sa propre vigilance. Un prurit. Elle avance sur la pointe des pieds trempés de rosée. Elle écoute les oiseaux sortir de la nuit, et leur chant dépose en elle une douceur presque déchirante. Qui ne voudrait entendre encore une fois le rire de l'enfant qu'il a été, savoir qu'il ne nous a pas quittés. Elle ne voit personne qui pourrait lui manquer à part elle. Elle est bien, les pieds nus, frais de la rosée. C'est dit, elle arrête de foncer vers pas grand-chose, et pensant à ces bêtes sauvages qu'une seconde condamne fatalement elle est soudain lasse, terriblement lasse. Elle ne sera pas sa propre proie.

Mini John Wayne et mini Gary Cooper

Bien sûr, il n'est pas entré, il a fait l'imbécile avec ce truc de fermer les yeux pensant que ça l'aiderait à y voir plus clair, et quand il les avait rouverts, elle avait disparu. Dans le magasin, il n'y avait plus que des mannequins sans tête.

— Alexandre, change de sujet tu veux ? Elle doit être mariée depuis longtemps maintenant.

— Toi, Marc, depuis que Rosalie Sauvage t'a quitté, tu me fais l'effet d'un gars qui a les parties posées sur un oursin.

— Première fois qu'une femme me manque, ajoute Marc.

Et Alexandre ne le loupe pas.

— Fais attention qu'un jour ce ne soit pas ta femme qui te manque.

Le samedi avant le marché, les deux amis se retrouvent à L'Entracte. Ce café fait l'angle d'une place qui compte les plus belles façades de la ville et sa plus ancienne fontaine. La lumière les jours de soleil va jusqu'à empourprer la pierre et transperce les vitraux d'une cathédrale à deux nefs. Depuis l'incinération de son père l'automne dernier, Alexandre tente de s'habituer à la fermeture imminente du Rosebud. Et… ça ne marche pas. Cinq mois ont passé et s'y est greffé un bail à céder. S'asseoir ici à leur table c'est continuer une conversation tout seul. Ils étaient à la maternelle, son père les y emmenait déjà, Marc et lui, boire des limonades avec une paille. Les deux amis continuent à aspirer des bulles. Alexandre ne peut s'empêcher de tendre le bras et ce n'est pas le vide qu'il attrape mais les doigts d'un vieil homme. Le père et le fils se donnaient l'air de rien de ces caresses. Tant de tendresse, et elle vous file entre les doigts.

Alexandre aura été à l'école le temps nécessaire puisqu'il y a rencontré Marc. Mini John Wayne et mini Gary Cooper, facile de deviner qui est qui. Ils ont fait tous leurs devoirs dans la cabine de projection. Pierre programmait des westerns et eux, ils jouaient aux cow-boys et aux Indiens, se poursuivant entre les rangées de fauteuils. Il fallait les voir à califourchon sur les accoudoirs, autant de chevaux, et eux, pouce, annulaire et auriculaire repliés, index et majeur tendus, le flingue braqué sur la porte d'entrée de la salle, et quand les spectateurs entraient, ils les descendaient par dizaines ! Les habitués jouaient avec eux, portant la main à leur cœur, vacillant jusqu'à leur place – cette salle ne leur en était que plus précieuse, Alexandre en est certain. C'est au Rosebud qu'ils ont appris, Marc et lui, à dégainer, à se tenir en selle ou sur un tapis volant ; Alexandre regardait *Le Voleur de Bagdad* et il fendait la mer, il était « l'aventure véritable », tous les héros de cinéma à la fois ; pour qu'il comprenne qu'il n'en était pas un il a fallu la disparition de son père. Même si torse nu devant un miroir, il lui semble toujours voir dans son reflet des peintures d'Indiens, il n'est pas près de se séparer des flèches en bois construites patiemment avec Marc après que Pierre leur a projeté le premier *Rambo*. Changement de décor, la forêt après les cactus, ils en auront passé des heures à polir leurs flèches avant de les lancer sur leurs victimes ravies de ces mercenaires en herbe, le visage barbouillé de cirage, le camouflage allant de pair avec la salle obscure. Et ce soir Le Rosebud qui ferme définitivement ses portes.

Quand le navire coule, que l'on est assuré de faire naufrage, on ne refuse pas de monter dans la chaloupe. C'est obligé, on se sauve. Ça ne fait pas obligatoirement de nous des vivants.

L'univers d'Alexandre tient dans un mouchoir de poche, il évite soigneusement les transports en commun, les embouteillages, les artères commerçantes défigurées à coups de boutiques interchangeables, et une téléphonie mobile qui vous métamorphose une ville en un vaste rayon de service après-vente. L'enlaidissement en bande organisée à grand renfort de lumières fluo sur des monuments historiques qui n'en demandent pas tant, de rues éventrées faussement piétonnières avec leurs trottinettes, et ce ne sont même pas les gosses qui sont dessus. Il s'efforce de sortir le moins possible de son quartier pour éviter le règne des codes à barre, des cartes de fidélités, les coups de balai sur les prix. Il porte les chemises de son père qui lui-même portait celles du sien, leur nom, L'Inusable, n'est pas usurpé et ceux qui les ont fabriquées n'étaient pas des esclaves asiatiques en âge de jouer dans une cour de récréation. Contrairement aux autres places de la ville, on ne verra pas sur celle de L'Entracte de barnums qui se succèdent : marché au gras, marché occitan, marché de Noël. Si même le père Noël fait le trottoir maintenant. Que reste-t-il d'imprenable ? Le Rosebud était leur citadelle et la fierté de son père. « Dans cette ville, disait-il, le cinéma c'est nous. » Ajoutant sur les affiches des films qu'il programmait un bandeau de son cru : *À ne pas manquer ou on se manquerait.*

— Alors, tu nous programmes quoi ce soir ? Pas encore *Le Dernier des Mohicans* !

— Non, il est mort il y a cinq mois le dernier des Mohicans, il est dans son urne.

— L'urne, elle est toujours au Rosebud sur le fauteuil de ton père ?

— Oui. Je vois pas où il pourrait être mieux.

— Tu peux bien faire ce que tu veux de ses cendres, c'est pour toi, pas pour lui ce que tu en feras.

— Je voudrais juste ne pas trop le décevoir.

— Tu l'as jamais déçu, il était aussi fier de toi que tu l'es de lui.

— Y a quelque chose qui va pas, Marc ? Je te savais pas si sentimental.

— Tu sais ce qui va pas… Rosalie Sauvage. Hier, j'étais

en rendez-vous à Event 3000 avec un couple dont je dois organiser le mariage, des amoureux comme j'en vois rarement, des vrais de vrai, au point qu'à un moment j'en ai eu les larmes aux yeux. On a été un peu gênés.

— Marc, si elle ne t'avait pas plaqué, t'aurais déjà remplacé Rosalie Sauvage depuis longtemps.

— Marianne ne supporte plus de me voir si émotif, elle sait bien que c'est à cause d'une autre.

— Vous en parlez ?

— Non. On évite d'aborder les choses qui fâchent.

— Ta femme et moi, on était bavards au lit.

— Arrête, Alexandre.

— Pourquoi ? T'arrêtes pas de dire que tu ne l'aimes plus. Je peux bien me rappeler une ancienne maîtresse.

— Oh, tu parles de ma femme, là !

— Je parle d'une femme que tu ne connaissais pas encore, avant que je ne vous présente. Tu vois que tu tiens encore à elle.

— J'ai pas dit que j'y tenais pas. Alors... comme ça Marianne et toi... vous vous êtes bien amusés.

— Marc, je te fais marcher.

— Si tu le dis... Pour le film ce soir, finalement, j'aime mieux avoir la surprise.

— Évite les commerçants du quartier alors, je vais y déposer quelques affiches cet après-midi. J'ai choisi ce film exprès pour elle. Elle va venir, c'est obligatoire.

— En robe de mariée ? Tu comptes la reconnaître comment ? T'as pensé qu'on était en plein hiver ? Attends-toi à une horde de doudounes, et fais une croix sur le dos nu.

— Tu te souviens de ce que mon père disait : « Tous les films que je te montre, Alexandre, vont rendre ta vie difficile, tu vas être exigeant, tu vas avoir du mal avec des choses qui ne dérangent personne mais sois-en sûr, un jour ces films te sauveront comme moi ils m'ont sauvé. »

Marc peut lever les yeux au ciel, les films ont appris au fils de Pierre qu'on est irremplaçable, et c'est eux qu'Alexandre veut croire, ou alors à quoi bon. Il s'est persuadé que ce soir Le Rosebud amènerait jusqu'à lui son inconnue. Il ne croit à rien d'autre. Le reste : carrière, voiture, toute la panoplie, ce sera sans lui. L'argent, il a à peu près ce qu'il faut sans s'en inquiéter vraiment. Facile après de ne pas y penser. Personne ne le verra briguer un poste ou ce que l'on appelle encore une bonne place, être le maillon d'une chaîne, s'enfoncer dans le parcours du combattant du travailleur, encaisser vexations et promotions – une belle carrière, il a fait ce qu'il faut pour y échapper. Il a cédé. Cédé Le Rosebud. Un individu modèle en quelque sorte, vivant sur l'héritage de ses pairs. Classique.

Alors, elles existent oui ou non toutes ces histoires de cinéma ? Il a besoin de la réponse. Si son inconnue vient, il aura eu raison de vouloir que sa vie soit ce qu'elle est, sans ressembler en rien à un de ces sachets de soupes instantanées ; Alexandre les a toujours trouvées dégueulasses. Pour cette femme, il met tout sur la table, tout ce sur quoi il a bâti sa vie jusqu'ici. « Ce sur quoi j'ai battu ma vie », vient-il de dire à Marc, il a eu le droit à des gros yeux. Son ami en aura marié des couples qu'il remarie ensuite avec d'autres. Ils reviennent le voir séparément pour le deuxième mariage, en voulant la même chose que pour le premier, le buffet, la musique, ils remettent ça chacun de son côté. Il n'y a pas de couples, il n'y a que des malentendus. Et ceux qui aimeront toujours les montagnes russes, la montée et juste après la descente ! De grands enfants, pourquoi y aller si c'est pour avoir mal au cœur après ? Et qu'on ne dise pas à Alexandre qu'il vit moins dans la réalité que tous ceux qui sont scotchés à leurs tablettes, à se gaver d'ondes, ça pète un jour, forcément. Ils oublient qui ils sont, deviennent leur pseudo sur Meetic, ça doit les rassurer de se rebaptiser, Et puis on le sait, l'anonymat rend courageux ! Ils sont prêts à se prendre des râteaux à la pelle, le seul à morfler sera leur pseudo... Alexandre ça le rendrait triste. Facebook et Twitter peuvent bien nous faire croire qu'on appartient à une communauté, que c'est une chance, le groupe, il ne veut appartenir qu'à lui-même. Et à cette femme.

— Marianne devait pas nous rejoindre ?

— Elle avait un rendez-vous mystérieux, elle m'a quasi mis dehors. Elle nous retrouve ici.

— Drôle de journée.

— C'est pas plus mal d'être tous les deux. À la maison, dès que j'ouvre la bouche, Marianne se crispe et j'arrive plus à être naturel avec elle. On n'ose rien dire. J'ai peur de finir comme mes parents si ça continue. Je ne sais pas si j'aime encore ma femme, je sais que j'aimais notre insouciance.

Petit à petit, Alexandre est devenu le spectateur impuissant d'un film stupide bourré de clichés dont Marianne et Marc sont les acteurs, il aurait du mal à dire les héros. Un film que son père n'aurait jamais programmé, et qui ressemble à ce que ses amis appellent la vraie vie. Pas évident la position de confident d'un couple qui se dissout.

Après le bac, Marc a voulu faire ses études à Paris, Toulouse lui a paru trop petit, même Le Rosebud ne lui a plus suffi. Il revenait chaque fin de semaine raconter à son ami ses frasques, ses espoirs vite flambés, remplacés par d'autres espoirs, le champion de la pirouette. Alexandre a rencontré Marianne. Au Rosebud. Où sinon ? Bien sûr, elle était très jolie, vive, pétillante. Surtout, ce qui lui a plu est qu'elle aille au cinéma seule, qu'elle aime s'asseoir devant, proche de l'écran, proche de lui donc. Évidemment, mini John Wayne a voulu la séduire, évidemment mini Gary Cooper a laissé faire, et Marianne a choisi sans choisir, ils le savent tous les trois.

Voilà que Marc s'est amouraché, et dans leur couple il y a comme un limon qui remonte à la surface, il trouble tout, et l'eau claire devient de la boue. Chaque fois qu'il entend Marianne donner du mon petit mari à Marc, Alexandre en est gêné, comme si elle les dévaluait son mari et elle, mais il ne le lui dira pas. Il n'empêche, c'est le genre de réplique au cinéma qui vous dézingue une histoire d'amour. Il en revient toujours aux films, tout simplement parce qu'ils lui ont donné ses émotions les plus durables, que ce sont eux les chefs-d'œuvre, pas nous.

Qu'est-ce qui l'a poussé à fermer les yeux l'automne dernier ? La peur d'être renvoyé dans ses buts avec un : « Non merci, je me marie voyez-vous. » Même pas. C'est juste qu'il n'a pas voulu bousculer cet instant. Si ce soir Le Rosebud ne fermait pas, il aurait été capable de l'attendre encore longtemps. Combien sont à genoux à prier des dieux inconciliables ? Qu'on le laisse croire à son amour, il ne tuera que des illusions. Il s'est persuadé que le dernier film du Rosebud, s'il le choisissait bien, ferait qu'elle viendrait. Ça c'est un rendez-vous.

Marc a vu juste, Alexandre a d'abord pensé programmer *Le Dernier des Mohicans*. Depuis le soir de la crémation, il ne l'a plus regardé. Un père, il veut quoi pour son fils ? Il veut que son enfant se ressemble ; pas forcément qu'il lui ressemble. Le film qu'il projettera ce soir leur tend un miroir à son inconnue et à lui, et si elle est là, il reflétera bien plus que leurs visages.

Un lit où elle n'aurait jamais dû se trouver

Cette nuit du mariage à Labri, alors qu'évitant un Marc ronflant Rosalie Sauvage pieds nus dans l'herbe marchait au-devant de l'aube, tout à un calme ancien retrouvé, s'engouffrant jusque dans son cœur, elle avait éprouvé l'impérieux besoin de se reposer d'elle et avait fini par revenir dans la chambre. À peine entrée dans le lit, l'autre l'avait pénétrée dans un ronchonnement. Tellement absente Rosalie Sauvage, il lui avait fallu une bonne minute pour comprendre qu'elle s'était trompée de chambre. Dans la pièce voisine, Marc ronflotait pour toujours, à moins d'une opération des sinus. Elle avait attendu que ça passe, avec un « même pas mal », comme disent les gosses. *On* ne s'était pas demandé ce qu'elle faisait là, *on* aura pensé qu'elle était un présent tombé de la corbeille de la mariée. Elle n'avait surtout pas voulu se souvenir qui était resté dormir au château, elle était dans un lit où elle n'aurait jamais dû se trouver, couverte de rosée, plus inaccessible que jamais, elle était cette biche qu'aucun chasseur n'attrapera.

En finir avec l'événementiel et le non-événement qu'était sa relation avec Marc lui aura pris quelques secondes pleines de rosée. Elle les a depuis remplacés par une addiction passagère : le vélo le long du canal du Midi. Ces derniers mois, Rosalie Sauvage n'a fait que pédaler sans que cela ne la mène nulle part. Perchée sur sa selle, elle a commencé avec l'été indien, sa lumière bondissante sur un feuillage jaunissant encore accroché à des platanes qui épousent les courbes du canal d'écluse en écluse ponctuées de saules pleureurs, leurs branches couchées à fleur d'eau, à la fois reflet et englouties. Et il y a les humains. Eux aussi sur leur vélo ou à petites foulées. Les mêmes croisés de bon matin aux mêmes endroits, à la minute près ; ils sont devenus ses premiers bonjours, ses seuls sourires de la journée – parfois un hochement de tête suffit et on a rencontré quelqu'un. Après plusieurs mois de saluts quotidiens, elle a remarqué qu'elle attend et guette ces brefs échanges qui sont un repère et la décrispent presque autant que les kilomètres avalés. La femme au petit chien toujours souriante, queue-de-cheval sautillante, tennis orange fluo, et sa boule de poils qui a failli elle ne sait combien de fois se prendre la truffe dans les rayons de sa roue avant. Il y a aussi le manchot, la trentaine, fendant l'air à grandes foulées celui-là, le corps droit, accaparé par l'effort. On ne voit que son bras manquant, mais pas une seconde il est infirme. Et ce couple, la revêche et le coulant ; la femme a mis trois mois à répondre à son salut, Rosalie Sauvage y allait de son sourire clinquant histoire de l'emmerder. Il y a les élagueurs, les chercheurs rejoignant le CNRS, les collégiens courant leur première course. Les filles dans des tenues de sport improbables avancent avec une nonchalance remarquable, les garçons trouvant tout de même le moyen d'être derrière. À leur âge, Rosalie Sauvage recherchait déjà cette adrénaline de l'effort, sentir ses muscles durcir, et se détendre, la confiance qui infuse là, plus qu'une énergie, elle la libérait d'une tension. Elle continue de s'en défaire lors de ses sorties matinales le long du canal, pour échapper à une inertie redoutable, des journées engluées. Elle pédale, s'oblige à regarder l'eau si calme, tenant en joue un moral défaillant, et arrive à peu près à être une jeune femme qui n'a rien à craindre. Regarder les arbres par en dessous, leur ramure, la nettoie d'un temps révolu où elle s'accommodait d'amants interchangeables et de l'amour qui n'était pas un plaisir. Quand on souffle une bougie, la flamme a pu s'agiter haute et brûlante pendant des heures, dès l'instant où elle est éteinte la cire se fige.

La première fois que Rosalie Sauvage a grimpé sur un homme, quand soulevant son bassin elle s'est vue affublée d'un sexe masculin, le pubis prolongé d'une verge, elle a fermé les yeux et ne les a plus rouverts. Jusqu'à cette nuit à Labri où elle s'est trompée de lit, elle ne s'était jamais vraiment posé la question de la jouissance. Culottée à la manière d'une théière, plus elle sert, plus ce qu'elle contient libérera son arôme. Rosalie Sauvage aura suscité force caresses, éprouvant pour elles une curiosité, soucieuse d'être la récompense promise, voulant se montrer à la hauteur ; un peu comme une mayonnaise, ce n'est jamais joué mais quand elle prend, elle monte et on s'en régale. Elle a pu s'en amuser, il lui plaît de plaire. À une telle distance.

Tout l'automne, alors qu'elle pédalait, ses épaules à découvert ont cuit à feu doux. Elle a continué avec l'hiver, se moquant de la pluie, il lui semble que sa chair gagne en fondant à être ainsi transpercée d'une froidure. Elle ne se trompera plus de lit, elle a découvert que la nuit est faite aussi pour dormir. Des nuits d'un seul tenant, même si une mauvaise fatigue continue de la terrasser d'avoir voulu trop longtemps tordre le cou à chaque seconde. Étrange confort et violence que la solitude. Elle la recherche tout autant qu'elle la redoute. Sa mère le lui a assez répété, un bon sommeil est une assurance vie. Depuis son divorce, celle-ci s'assomme d'anxiolytiques, ne sort quasiment plus de son canapé, ses jours ne sont que lente somnolence ; la nuit, elle sombre, et au moment du coucher son lit lui paraît de plus en plus loin. Des années que sa mère se traîne dans une existence dont elle n'accepte pas qu'elle soit la sienne. Dès que Rosalie Sauvage pense à elle, le souvenir de la petite fille derrière son rideau la lance. Cette histoire de méchanceté maternelle et de son père les quittant l'a convaincue d'être la cause de la destruction de sa famille, alors que sa mère s'est très bien débrouillée pour y arriver seule. Il y a cinq mois, quand elle essayait la robe bustier devant le grand miroir, son reflet semblait lui dire : Aime, jette-toi dans l'amour, ses grands fonds dont on jaillit, tu verras, Rosalie Sauvage, tu n'en reviendras pas du vertige. Depuis, elle n'arrête pas de se le répéter, et c'est comme si une voix qu'elle ne connaissait pas encore, pourtant la sienne, lui soufflait qui être. Qu'elle laisse s'exprimer son désir d'absolu puisqu'il est en elle, qu'elle arrête de le malmener. Qu'elle croie au mystère de deux êtres totalement différents et totalement pareils. Et quand elle pense, oui, à ce qu'elle a vu dans le miroir, elle pourrait y croire.

L'amour avec déraison, pas des raisons

Marc une fois de plus est parti rôder sous les fenêtres de Rosalie Sauvage. Si Marianne arrive à L'Entracte, Alexandre a pour consigne d'inventer encore un demi-mensonge qu'elle fera semblant de croire.

Avant ce magasin et sa vitrine pleine de mariées décapitées, il croyait que l'on pouvait se garder d'aimer, qu'on était amoureux juste le temps de se le dire. Cette idée de l'amour, elle n'a pas pris une ride, parce qu'on a besoin de croire à un autre que soi pour se pardonner de n'être que ce que l'on est.

À une encablure du Rosebud et de L'Entracte se trouve l'appartement de Marianne, devenu celui de Marc depuis neuf ans qu'ils y vivent ensemble. En l'épousant, son ami a emménagé à côté de leur enfance. Alexandre aussi y avait pensé, d'autant que Marianne a les fesses avenantes et s'endormir nu contre elles était une bonne raison de la préférer, seulement il espère l'amour avec déraison, pas des raisons, et à l'accorte jeune femme il a finalement préféré sa chambre de gosse, ou alors il aurait pu être un homme triste. Il ne faudrait pas qu'il le devienne.

Comme Bogart, le Rick de *Casablanca*, lui aussi choisit, et à la fin on oublie presque qu'il a laissé partir Ilsa. À onze ans déjà, Alexandre regardait ce film uniquement pour sa dernière scène, ses genoux couronnés collés à ceux de Marc, il n'avait d'yeux que pour Rick et le capitaine Renault, la seconde qui scelle leur amitié, parce qu'elle leur donne leur honneur.

Il aime ces moments entre pas grand-chose et pas grand-chose derrière sa table de bistro avec vue sur la cathédrale et ses enterrements. Il ne perd rien de la marche des endeuillés, Alexandre repère les plus éplorés, ils le distraient. Enfant, il préférait suivre les silhouettes noires à la sortie des enterrements plutôt qu'aller aux goûters d'anniversaire. Pourquoi faire un cadeau à un petit con qui te pousse en douce dans l'escalier et tu te ramasses devant la classe ? Mini Gary Cooper avait mini John Wayne, et ça lui allait. En dernière année de maternelle, après que le deuxième a fait au premier un croche-pied sans qu'il le cafte, Marc lui a demandé d'être son copain, et à un âge où on en change tous les quatre matins il a précisé : le seul. Bingo ! Alexandre avait un ami, il n'était pas un monstre finalement, ça se verrait moins qu'il n'aimait pas les autres.

Avant on apprenait aux enfants à faire des boucles avec leurs lacets, maintenant on leur achète des chaussures à scratchs pour gagner du temps ; avant les filles portaient des rubans, on en dénouait la boucle et tout un désir venait. Maintenant, elles ont des chouchous dans les cheveux jusqu'à la fin de leurs jours. Cet échantillon d'humains, Alexandre l'observe de L'Entracte, il le voit traverser la place, planifiant son déplacement dans l'existence, que tout devienne une succession de visites guidées avec trois secondes chrono pour les gargouilles. Par temps de pluie, le troupeau enfile des espèces de capes informes, on dirait des sacs-poubelles XXL. Il se dit quoi celui qui les porte ? Je suis un détritus ? Cinq minutes par-ci, cinq par-là, un petit coup d'Italie, d'Indonésie, on fait le Kenya, les Bermudes, et comme, il l'a déjà entendu : on fait Auschwitz. Et on revient des camps avec des selfies. On en est là. Après, chacun rentre chez soi, prépare le prochain voyage, multipliant les escales. Un jour on cale, c'est obligatoire, destination la grande vieillesse, un seul ailleurs possible, l'univers réduit à une attente et on meurt tous les jours.

Ce n'est pas pour rien si le titre original d'*Il était une fois la révolution* est *Giù la testa*. Courber l'échine… Les héros de Sergio Leone ne la courbent jamais tout à fait même quand ils ont tout perdu. Son père adorait ce film, il disait aussi que Morricone était son réalisateur préféré tant sa musique valait dix metteurs en scène. Il le lui aura répété sur tous les tons : « Ce que je t'apprends, Alexandre, ne va pas forcément t'aider dans la vie mais t'aidera à vivre. » Il lui manque, son père. L'impression que s'il plongeait ses doigts dans ses cendres il se brûlerait.

Une jolie petite famille

La mère de Rosalie Sauvage ne raisonne pas en années mais en kilos, ceux pris depuis que son mari les a plantés là, sans que rien ne pousse si ce n'est le germe d'une rancœur soigneusement entretenue, après dix-huit ans et dix-huit kilos suite à la lettre du notaire reçue au courrier. Intriguée, sa mère l'avait ouverte dans le vestibule, lue debout au milieu des chaussures alignées sur le paillasson, celles de deux fils, une fille et un mari, une jolie petite famille. Elle ne s'en remet pas de la missive surprise du notaire, une demande de divorce sans que son mari ne lui en ait soufflé mot, vingt ans de mariage et il s'était défilé sans prendre de gants. Pas l'ombre d'un avertissement, ne serait-ce une mise en garde, une perche à saisir, pas la moindre chance donnée et on envisage des solutions. Tous y passent par cette case d'un couple à sauver, ça permet de le liquider avec moindres dégâts. Le réflexe de sa mère avait été de froisser la lettre, espérant ainsi en être moins assommée, elle en avait fait une boulette jetée aussitôt à la poubelle, attendant peut-être que ses entrailles se dénouent. Elle n'avait pas pleuré, n'avait rien modifié au programme de la journée, ni au menu du jour ; une fois à table elle avait rempli les assiettes, en commençant comme toujours par celle du père de famille, ce qui restait de son mari. Elle avait débarrassé, essuyé sa vaisselle, elle avait rebouché le dentifrice des enfants dans la salle de bains, accroché les serviettes de toilette de chacun, avait procédé à l'extinction des feux dans la chambre des garçons et de sa fille, se retrouvant comme chaque soir face à trois ados pressés de la voir sortir de leur antre, puis elle avait rejoint leur père devant un écran plat en cent quarante par cent vingt, une folie à l'époque, cadeau de Noël pour toute la famille. Et ce n'est qu'avant de se coucher qu'elle avait ouvert la poubelle et cherché la boulette de papier au milieu des restes et des épluchures. Moment qu'avait choisi sa benjamine pour sortir en catimini de son lit en quête d'une friandise dans le placard de la cuisine. La gamine s'était retrouvée face à une femme et son papier défroissé ne ressemblant déjà plus à sa mère. Gorge serrée, la petite avait fait demi-tour et était revenue sous sa couverture, en alerte, elle avait écouté les moindres sons de la maison, jusqu'à percevoir celui d'un papier que l'on déchire avant de le remettre où il aurait dû rester, au fond d'une poubelle. Rosalie Sauvage sent encore ses deux bras d'enfant raidis le long de son corps n'attendant que d'enlacer sa mère pour la consoler, les yeux désespérément fermés pour empêcher son cœur de cogner trop. La porte de sa chambre restée close sur l'explosion d'une famille. Derrière il n'y aurait que des ruines à présent.

Le lendemain, déjeuner dominical, la mère et la fille assises du côté de la cuisine pour servir et desservir, ses deux frères de part et d'autre de la table toujours à la chahuter, leur père encore à sa place de maître du logis. Leur mère gardait toujours son tablier pour manger, et sa fille s'irritait de la voir affublée comme une bonne. Après l'incontournable potage, la mère avait apporté un gigot cuit trop vite, cerné de haricots blancs au goût de plâtre et de sang. Elle avait posé le plat et pointé le couteau à viande en direction du père, habitué à découper les tranches selon le goût de chacun, épaisses et rosées pour les garçons, fines pour sa femme, et pour la petite l'entame. Rosalie Sauvage avait mâché le plus doucement possible pour retarder l'inévitable, elle avait exprès repris du dessert, l'immanquable clafoutis aux fruits de saison. Un dimanche comme les autres sauf que non. Pendant tout le repas, Rosalie Sauvage s'était évertuée à ne pas fixer la poche sur le devant du tablier, priant pour qu'aucun papier n'en sorte, et rien ne changerait. Ces dimanches qu'elle détestait, elle ne voulait pas qu'ils s'arrêtent. Rien n'avait été dit mais ç'avait bel et bien été le dernier déjeuner dominical en famille, marqué par un accablement supplémentaire de leur père, la dignité toute temporaire de leur mère, ses deux frères hors jeu et la jeune Rosalie Sauvage en démiurge de l'apocalypse, parce que pendant quelques heures elle avait eu un secret avec sa mère, et même si cette dernière n'en avait rien su, elles avaient partagé quelque chose.

On n'avait plus reparlé de ce dimanche. Sans jamais l'effacer. Comment ne pas les voir les kilos annuels maternels supplémentaires, l'humiliation de sa mère. Il y eut d'autres dimanches, d'autres gigots mais plus personne en bout de table. Rosalie Sauvage avait mis longtemps avant d'accepter que l'on ôte l'assiette de son père, elle la rajoutait systématiquement à la place de l'absent, avec ces mots : « S'il arrive. » Sa mère y opposait un silence hostile, et l'assiette était restée vide. Jusqu'à ce dimanche où sa fille voulant une nouvelle fois placer l'assiette manquante à sa place, sa mère avec une douceur inédite chez elle, effrayante, avait murmuré un : « Non, ce serait trop triste. » Et il n'y avait plus eu de retour possible.

Aujourd'hui ses frères sont à l'ouest, l'un à Quimper, l'autre au cap Gris-Nez, et leur mère est dans le potage. Qu'on arrête de tanner les enfants avec des « Qu'est-ce que tu veux faire plus tard ? » ou des « Tu vas faire quoi de ta vie ? » Combien d'enfants n'ont pas assez de leur existence pour recoller des morceaux qui ne sont pas les leurs ? La lettre du notaire était arrivée quelques jours après la scène du rideau et Rosalie Sauvage s'était persuadée qu'en se cachant derrière la lourde tenture, elle n'avait réussi qu'à convaincre un père impuissant à la consoler de prendre la fuite. La culpabilité a ceci de commun avec les mauvaises herbes qu'elle repousse, et Rosalie Sauvage ne s'en séparerait pour rien au monde parce qu'être coupable c'est avoir une place dans le couple qu'ont formé un jour ses parents, et lui donner une réalité, quitte à se faire du mal.

Champagne ! Deux bouteilles de Ruinart histoire de provoquer sa mère qui ne s'autorise aucun écart, surtout quand il risque de lui faire plaisir. Pour l'anniversaire de sa fille, elle a débarqué chez elle. Elle n'était pas arrivée, Rosalie Sauvage ne pensait qu'à la remettre dans le train. Ah ! ces parents dont on supporte mal la présence mais dont l'absence blesse. Comptant et décomptant depuis des semaines la durée du séjour à endurer, trois interminables journées. Soixante-douze heures minutées, disséquées. Elle en était à regretter l'heure gagnée si sa mère était repartie en avion. Histoire de réduire leur tête-à-tête, elles se sont couchées avec les poules. Enfin était arrivé le dernier dîner – au restaurant pour son anniversaire, sa mère y tenait. Elle repartait le lendemain et Rosalie Sauvage commençait à se détendre. On était en janvier, elles pourraient se régaler d'un carpaccio de saint-jacques. À cette même table un an plus tôt, elle avait vu Marc se décomposer, à la merci de deux femelles fréquentant le même cours de barre au sol que sa femme ; les deux pestes n'avaient eu de cesse d'envoyer des smileys sur le portable de Marc pendant tout le repas sans lâcher des yeux les coupables. Ce n'est pas faute d'avoir choisi un endroit suffisamment loin de l'agence, tout en étant suffisamment proche de chez sa maîtresse pour y digérer à son aise dans son lit. Rosalie Sauvage avait pris entrée, plat, dessert, et fait traîner exprès. Trois fois déjà des connaissances de Marc déjeunant là les avaient salués d'un air entendu. Elle n'attendait pas que son amant passager la présente à quiconque mais elle était mortifiée d'être réduite à ce qu'elle était, une aventure, d'une banalité confondante. La petite dernière embauchée que l'on saute avant une réunion. Son œil laser, elle l'exerce aussi sur elle.

Le soir de son anniversaire, Rosalie Sauvage avait comme d'habitude meublé en interrogeant sa mère sur ses frères, leurs enfants dont elle n'a rien à foutre, récoltant au passage son lot de ma grande. Le champagne attendait au frais leur retour chez elle. Comme chaque fois Noël était venu sur le tapis, sa mère ne comprenant pas qu'elle s'entête à le passer seule alors qu'elle avait une famille. Ça l'interroge toujours Rosalie Sauvage ce lien qui nous unit souvent violemment à ceux qui sont notre mémoire, comme un dépôt au fond de nous, qui parfois remonte et nous les rend précieux, tellement nécessaires au-delà de vies contrastées, aux lignes de conduite différentes. Pour elle, il n'y a pas à y revenir, elle a son avis tout fait sur la dinde et ses belles-sœurs, elle se les épargnera coûte que coûte.

Pourtant, quand elle pense à son enfance avec ses frères, avant que cela ne dégénère, et que l'innocence ne s'abîme, elle n'est pas sûre de vouloir tout envoyer balader d'un haussement d'épaules. Il y avait eu des rires autour de la table, et elle a cru en eux. Il aurait fallu ne pas grandir, et les trente ans qui en ont profité pour arriver. Elle en fera quoi ? Se marier ? Est-ce que l'on se sent plus complète ? Sa décision il y a cinq mois de se passer de Marc et de son agence, elle aura voulu la célébrer en s'offrant dans la foulée cette robe bustier, et dans un royaume de robes d'un jour, elle avait ondulé, tournicoté des reins, ne se quittant pas des yeux, faisant le serment que dorénavant ce serait entre elle et elle, elle n'accepterait aucun coup de canif.

Depuis Rosalie Sauvage a cessé d'être la fille pour qui on la prend, un « on » très vague puisque pour elle personne ne compte vraiment. On la prend pour un boute-en-train né dans le satin, alors qu'elle y a glissé ses fesses pour la première fois en enfilant cette robe. Comme elle aime les belles choses et les bonnes manières, et qu'elle n'a aucune raison d'aller habiter en banlieue ou de faire ses courses au rayon frais des empoisonneurs agréés que sont les hypers, on l'a étiquetée fille gâtée. Elle ne va pas non plus mâcher du chewing-gum et porter vingt bracelets tressés à son poignet pour faire plaisir aux imbéciles ! Elle ne veut pas d'une vie reproduite en série, ni en sourdine, elle ne s'est jamais économisée et elle ne s'épargne pas. Depuis Labri, elle se cabre, rétive à tout ce qui faisait son existence il y a cinq mois. Si elle ne s'était attrapée par le colback et en avant toute, elle aurait fini par se transformer en reproche sur pieds. On est nombreux à s'adapter à celui ou celle que l'on ne voulait pas être, et c'est le caca.

— On va arrêter là.

— Mais je n'ai pas fini ! J'allais vous dire quelque chose d'important. Mes amants, ils m'attiraient parce qu'ils étaient vulnérables, ils me donnaient l'impression de l'être encore plus que moi vous comprenez ? Je m'y retrouvais. Tous, je voulais les sauver. Je les ai laissés me toucher pour la lutte perdue d'avance. Et ils m'adoraient pour ça. Ils n'en revenaient pas de moi.

— Il est midi. Ce sera tout pour aujourd'hui. Samedi même heure ?

— Vous savez, devant ce grand miroir dans le magasin, je me regardais et il y avait…

— Vous terminerez la semaine prochaine. Onze heures.

— C'est maintenant que je voulais en parler, j'en ai marre de votre divan. Et de vous avoir dans le dos vous aussi. Depuis Labri, j'ai tout changé sauf vous, d'accord, on va arrêter là.

— Vous ne pouvez pas en décider seule, vous n'êtes pas prête. Revenez samedi, on en parlera.

Et voilà comment on en termine avec des années d'analyse. Cafard. Dès sa première séance avec son énième psy, Rosalie Sauvage l'a surnommé comme les précédents : Cafard, espérant ainsi minimiser le transfert avec lui. Elle déteste les cafards. Celui-là, aussi muet ou presque soit-il, a fait sortir d'elle une cargaison de larmes, et aura provoqué un remue-ménage intérieur accablant pour une seule femme ! Un étau de peur qu'il desserre. Une fois allongée sur son divan, elle se lance, suit sa pensée, et souvent elle se précède, elle n'est plus un brouillon. Elle vient de lui faire son dernier chèque, d'ailleurs maintenant qu'elle ne travaille plus elle n'en a plus les moyens, le Cafard a refusé de baisser ses honoraires, arguant du fait que ce n'était pas à lui de faire les frais de ses ruades. Quand elle sort de chez lui, elle a l'impression d'être passée par le programme essorage de sa machine à laver. Elle lui parle à l'envi de sa vie d'amoureuse qui n'en est pas une, elle a tenu la cadence mais elle a arrêté de vouloir compter le nombre d'hommes qui l'ont pénétrée, elle en avait systématiquement un sous le coude, ainsi il n'y aurait pas de rupture. Elle est comme un de ces bijoux que l'on met en gage en se disant qu'on pourra le reprendre quand on en aura les moyens, qu'on ne l'a pas tout à fait perdu. Et Rosalie Sauvage se reprend toujours à temps. Il y a une chose qu'elle n'a pas dite au Cafard, elle quitte Toulouse demain.

T'es tellement lent, on ne te voit pas bouger

Après leur café ce matin et avant que Marc aille traîner sous les fenêtres de Rosalie Sauvage, Alexandre a réussi à le traîner jusqu'au magasin de mariées, même s'il n'y a plus de grand miroir mais un fatras de tissus au sol et un enchevêtrement de mannequins décapités, avec dans la vitrine un panneau : CHANGEMENT DE PROPRIÉTAIRE. Ils ont laissé l'enseigne : *CRÉATEUR D'ÉMOTIONS*. C'était devenu une habitude, s'arrêter devant cette vitrine au retour du marché. Il a également fait le tour de tous les magasins de robes de mariée de Toulouse, au cas où. Il paraît qu'avant de se décider les femmes multiplient les essayages, lui aussi il a essayé.

— Alexandre, regarde un peu les noms qu'ils donnent à leurs robes ! Farouche. Pure. Nectar. Joyeuse. Des noms de jument. Et là : Prestige parisien. Ça sent la province. Il y a même un Libertine juste à côté de Mademoiselle.

— Allez viens, on retourne à L'Entracte. C'est déprimant ces fausses mariées abandonnées. Tu t'es toujours arrangé, Marc, pour que je rencontre tes maîtresses, pourquoi pas Rosalie Sauvage ?

— C'est une fille en colère qui fait en sorte que ça se voie pas. Elle s'habille comme un sac et ne porte jamais de talons. Ça te va ?

— Une fille en tongs n'en est pas une. Elle vient ce soir ?

— Tu la vois, toi, assise à côté de Marianne ?

— Je ferai paravent, la salle est assez grande.

— Les antennes de ma femme aussi. Pas envie.

— Pas envie de quoi, Marc ?

— Pas envie d'être jaloux.

— Qu'est-ce que tu racontes ?

Alexandre n'aurait jamais cru Marc jaloux. On dirait ce torero dans *Pandora*, amoureux d'Ava Gardner. Elle excite sa jalousie et lui, il a l'impression d'avoir le crâne pris dans un essaim. Est-ce qu'on peut aimer sans être jaloux ? On verra. Marc vient de lui apprendre que Rosalie Sauvage habite tout près du Rosebud, il a tout fait pour qu'elle et lui ne se croisent pas. À chacun sa femme mystère, sauf que celle de Marc fout en l'air son couple. En même temps on ne peut pas rester marié uniquement pour faire moins mal à quelqu'un à qui on a déjà fait mal. Marianne endure bien et elle a l'air coriace mais c'est que du bluff. Elle savait en l'épousant que son mari s'autoriserait des aventures, mais pas une liaison. Marc exorcise en racontant à sa femme et Alexandre les diverses tromperies des mariages estampillés Event 3000. Le dernier cas en date est un gars de leur âge flanqué de quatre enfants de quatre femmes différentes. Pour être sûr de s'arrêter là, le type a fait une vasectomie sans rien en dire à celle avec laquelle il se remarie, qui elle en voudrait bien un, de gosse. Il y a aussi ceux qui se marient après des années de vie commune, ils n'ont aucune ardoise, aucune trahison au compteur, tout roule, et ils décident de régulariser, le grand jour a lieu, trois mois passent ils divorcent. Chaque fois Marc s'en étonne.

— J'ai raconté à Rosalie Sauvage que tu vivais encore dans ta chambre d'enfant avec un poster de samouraï au-dessus de ton lit. Et que tu portes des chaussettes blanches, ça je peux te dire les femmes elles aiment pas. Je t'ai chargé mon pote ! Et ton côté « Je suis mieux que tout le monde », elle sait aussi.

— Pourquoi.

— Pour qu'elle se caresse en pensant à moi, pas à toi.

— Elle ne me connaît même pas !

— Justement. Et tu sais quoi, plus je balançais, plus elle souriait, j'avais l'impression qu'elle te souriait à toi. Crois-moi, ça rend pas heureux d'être jaloux. Avec Marianne, au fond je me fiche que vous ayez couché ensemble, mais Rosalie Sauvage j'aimerais mieux pas.

— Tu sais bien qu'il n'y en a qu'une pour moi. Et je sais déjà que j'aurai plus assez envie d'une autre pour y aller. Rassuré ?

— Ouais... J'ai aussi dit à Rosalie Sauvage que tu baises pas sans payer, que t'aimes les putes. Je croyais marquer un point, même pas.

— Tu lui as parlé de mon coup de foudre ?

— Non. Elle est capable de te trouver romantique.

— Arrête de me la vendre, Marc.

— Vous vous ressemblez et en même temps vous êtes aux antipodes. Ça m'énerve, je me suis trop dit que vous iriez bien ensemble.

— …

— Elle aurait eu le même silence, j'en suis sûr. Tu vois, ce qui vous manque à tous les deux, c'est l'autre. Mais attention, c'est une tornade cette fille, elle te fatiguerait, Alexandre, elle fait tout à cent à l'heure. Alors que toi, t'es tellement lent, on ne te voit pas bouger. Et aussi vous rêvez à voix haute, sauf qu'elle, ses rêves, elle les vit.

— Elle les vit ou elle croit les vivre ?

Demain Le Rosebud n'existera plus que dans leurs mémoires. Sa vente laissera à Alexandre un petit pactole, il vaut ce qu'il vaut, il vaudra assez. Ce truc des enfants qui doivent faire mieux que leurs parents, c'est du passé. On peut accumuler les diplômes, on n'accumule plus les boulots. Marianne et Marc l'ont convaincu d'acquérir trois studios dans le centre de Paris pour les louer ; si tout roule, ils feront de lui un rentier. Modeste certes, mais rentier quand même. Marianne a écrémé les annonces immobilières, Marc en roi du repérage a listé son top dix des vingt mètres carrés à trois cent cinquante mille euros ; Alexandre n'a plus qu'à faire un aller-retour à Paris, en reprochant presque à son père de l'obliger à monter dans ces bétaillères volantes. Il ne sera pas un ingrat, si la liberté veut dire quelque chose, on la lui offre sur un plateau.

Des mois qu'Alexandre entre deux gorgées de limonade soûle Marc et Marianne avec son inconnue.

Consigne est passée à L'Entracte de retenir toute femme ayant un dos à tomber. Le nouveau serveur a même eu droit à un gribouillage qui se voulait un portrait ressemblant de ses épaules ! Alexandre y aura laissé une rame de papier, il s'est particulièrement appliqué sur la coiffure, n'oubliant aucun épi, et après avoir tergiversé une heure au rayon Coloration d'un grand magasin il est certain d'avoir retrouvé la nuance exacte de ses cheveux. Plus absurde encore, il consulte maintenant cinquante fois par jour ses mails et son portable d'habitude éteints, alors qu'elle n'a évidemment ni son adresse mail ni son numéro. Du grand n'importe quoi. Elle est là, quelque part derrière une de ces fenêtres, et il a besoin d'être sûr qu'en fermant les yeux, la prochaine fois, il pourra les rouvrir sur les siens. Son point fixe.

Elle préfère voir des Italiens débarquer dans sa culotte plutôt que les Anglais !

Non seulement elle ne va pas déjeuner mais en plus elle va brûler des calories. Encore une bonne heure de ménage et elle laissera son appartement comme elle aurait aimé le trouver. Il donne sur le clocher de la cathédrale, avec une lumière rose au couchant ; certains aiment à offrir leur visage à la caresse du soleil, Rosalie Sauvage, elle, lui donne sa nuque. Tête en avant elle plonge dans sa lumière et une chaleur l'envahit capturée par un mince rectangle de peau nue. Sa dernière journée dans cette ville est organisée à la minute, calée sans laisser place à l'imprévu, elle déteste ça. Elle soufflera ce soir, mais d'abord aspirateur et savon noir. En culotte et soutien-gorge, elle a tout d'une virago du ménage, l'Attila du grain de poussière. Elle a son CD spécial époussetage, l'intégrale de Barry White, bien connu pour vous préparer à une bonne baise, et tout aussi démente pour astiquer à tout va… une serpillière au bout du pied. Elle doit être belle à voir. Même en hiver, elle ouvre grand les fenêtres, s'imaginant ainsi tuer encore plus de bactéries ; elle bat son tapis contre le mur de son balcon avec férocité et pourrait y laisser l'enduit de la façade quand elle s'y met. Des vertus du ménage… Rosalie Sauvage en sort avec une satisfaction profonde, la sensation d'avoir accompli quelque chose que l'on fait bien, que l'on maîtrise avec un résultat immédiat, on se réapproprie soi en briquant son intérieur et on fait place nette jusque dans sa tête. Le ménage suscite chez elle un sentiment de triomphe, elle y va toujours à reculons mais une fois dedans elle éprouve cette satisfaction que l'on a devant un devoir d'école terminé, on referme son cahier en sachant que l'on a bien travaillé, mission accomplie. Et l'on n'a pas perdu tout à fait sa journée. Rosalie Sauvage en est là de sa confiance en elle, faire ses carreaux lui donne la mesure de ce qu'elle est encore capable d'abattre et de réussir. Depuis qu'elle a arrêté de travailler, elle accorde à la poussière une attention disproportionnée, elle le sait ; à peine debout, elle est tentée de passer l'aspirateur et use des éponges sur des portes de placard immaculées. Il y a toutefois une chose qu'elle n'est pas décidée à faire : le repassage. Rosalie Sauvage a trop vu sa mère y passer ses samedis après-midi, debout dans le couloir, coincée entre le mur et sa planche à repasser. Des heures invraisemblables, le rendez-vous de la semaine de sa mère. À tirer la gueule et passer ses nerfs sur des draps ne demandant rien, râlant et houspillant le premier à vouloir emprunter le couloir, comme s'il était responsable de sa corvée. Quand leur père vivait encore avec eux, les rares fois où il a proposé une sortie au cinéma, il s'est immanquablement pris en retour un : « J'ai mon repassage. » *Mon* repassage, *mon* ménage, pourquoi toutes les femmes en viennent à ce possessif qui les diminue ? Avec en prime le bref espoir d'une sortie en famille balayé d'un coup de vapeur, tous privés de cinéma, qui plus est priés de la plaindre. Il n'y a que Lara dans *Le Docteur Jivago* pour arriver à être encore plus désirable un fer à repasser à la main. Sa mère aurait dû écouter Barry White, et pas pour le ménage, leur père serait peut-être encore son mari et sa femme pas une sève tarie.

Ni table à repasser ni connexion Internet là où elle part demain. L'horizon grandeur nature et une maison en dehors du hameau.

Une annonce sur Le bon coin, une seule visite et elle a trouvé à louer son appartement en meublé pour vingt-quatre mois. Le loyer perçu lui permettra de voir au-delà de Pôle Emploi. Pôle Emploi ! Chaque fois qu'elle s'y rend, il lui faut vérifier à dix reprises à quelle heure est son rendez-vous. Le syndrome du train manqué. Dans son agenda aujourd'hui, à onze heures, est noté : Cafard, et à quatorze heures elle a écrit : Souteneur. Si elle ne part pas maintenant elle n'y sera pas à temps. L'agence dont elle dépend culmine sur les hauteurs de la ville, avec une grimpée hallucinante impossible à vélo, genre on vous décourage avant même d'essayer, une bonne mise en condition… Même si le métro est au-dessus de ses moyens mentaux, on ne va pas à Pôle Emploi en taxi, l'arrêt de bus, lui, est à Pétaouchnoque. Dans la rame, avec son mètre cinquante-neuf c'est double peine, elle se couperait la main plutôt que de toucher une des rampes empoignées par des millions de doigts douteux.

Elle a trouvé une place assise, et son agenda sur les genoux elle en fait défiler les pages, un vrai document codé. Qui dans son entourage note encore ses rendez-vous sur du papier ? Dans son agenda le mot *Italiens* revient toutes les quatre semaines, d'habitude ce sont les Anglais ; en clair : les règles. Disons qu'elle préfère voir des Italiens débarquer dans sa culotte plutôt que les Anglais ! Il y aussi le mot *Dessert* présent souvent, ses anciens agendas en sont pleins, dessert pour fellation, ça l'amuse. Et il y a cette phrase de Charlotte Brontë recopiée sur la première page. Un condensé de Rosalie Sauvage, des mots qui la disent par cœur : « La préférence passionnée pour le merveilleux, l'étonnant et le sauvage, l'étrange, le stupéfiant et le déchirant. » Les relire la justifie, la réconforte et la conforte dans celle qu'elle veut être. Certains, sa mère en tête, ont voulu y voir une posture, tant pis pour eux. Depuis l'enfance, c'est définitivement dans les livres et les films qu'elle a pioché ce que d'autres vont trouver dans un JT ou une Coupe du monde ; des histoires qui nous disent qui nous sommes.

La préférence passionnée pour le merveilleux, ce n'est pas gagné à Pôle Emploi ! Pas d'horizon ici mais plein d'espaces. Espace Internet, Espace Documentation, Espace Atelier, Espace Réunion, Espace Entretien – là où on fait le ménage ? – et il y a le Pôle Initiative, le tout au singulier quand c'est une humanité plurielle qui s'y presse. Au rez-de-chaussée la plèbe, les incasables, le troupeau devant le guichet, on est des numéros, on n'est rien. Pour Rosalie Sauvage et les cadres en mal d'emploi, il y a l'ascenseur, tout un symbole. À l'étage, on est dans le feutré sans que ce soit forcément folichon. On chuchote, on ravale sa honte, même s'il existe des millions de chômeurs, qui ne l'éprouve ? Aller à Pôle Emploi n'est pas une partie de plaisir et il n'y a que ceux qui y ont échappé jusque-là pour croire le contraire. À force il a pris du plomb dans l'aile le fantasme du glandeur, de l'assisté de la société. On peut avoir trente-six mois d'indemnités sans en avoir eu envie. Son conseiller l'a vraiment soutenue, du coup elle l'a renommé Souteneur pour sourire un peu dans cette grande broyeuse des humains. À son troisième rendez-vous avec lui, elle a réussi à le persuader de lui épargner des procédures inutiles, stériles, à l'image de ce passage obligé : la réunion Atouts Cadres. Au pluriel cette fois, même si pour ce qui est des atouts elle a de grands doutes. Au début de la réunion, chacun a commencé par choisir sa place, avec vue sur les Pyrénées ou sur le mur, à être ici autant opter pour le dos au mur. Un bocal en placo, dix-huit chômeurs autour de la table. Elle n'a pas sorti de crayon, n'a rien noté, elle détonnait. Elle s'était préparée comme pour aller à une fête, son côté provoc, maquillage élaboré, un collier en cristal, et son lapin, pièce maîtresse de son dressing. Sur ce, arrivée en fanfare de Lise Lorette Fabulette – ça ne s'invente pas un nom pareil –, adjointe du service Pôle Emploi Cadre, et représentation de l'usure sur pieds. Elle n'a pas lésiné sur le blanc Lise Lorette Fabulette, monture de lunettes, fard à paupières, vernis à ongles, jusqu'au tailleur-pantalon, seulement tout est gris chez elle. Une voix de fumeuse et la manie de repousser les cuticules de ses ongles quand elle vous parle. « Alors aujourd'hui, on fait connaissance. Vous avez la chance de bénéficier d'une prestation spécifiquement réservée aux cadres. En vérité quatre-vingts pour cent des offres d'emploi ne paraissent nulle part. C'est le marché caché. Il faut travailler, travailler, travailler le réseau. Surtout, il faut être introduit. Pas pistonné, in-tro-duit. » Bla-bla-bla. Lise Lorette Fabulette ne doit pas tant l'être, introduite. « On vous propose un coaching renforcé en trois phases pendant neuf mois. » Et on accouche d'une souris ? Rosalie Sauvage a gardé ses pensées pour elle, sidérée de l'aplomb de Lise Lorette Fabulette affirmant n'avoir jamais cru au bilan de compétences, pourtant longtemps le Graal de son employeur. « Ce qu'il faut pour l'entretien d'embauche c'est être blindé. » Blindé ? On veut bien ! À cette étape, Lise Lorette Fabulette en est à sa neuvième cuticule repoussée. « Prenez Airbus, ils ont un robot lecteur de CV, attention que le vôtre ne soit pas trop lourd en mégaoctets ou vous dégagez. » Du lourd, Lise Lorette Fabulette. « Au forum annuel à l'université des sciences, il y avait là quarante chefs d'entreprise. Quarante ! Ce qu'ils m'ont dit ? Vous avez convoqué des profils fabuleux. Et les prochains, écoutez-moi, c'est vous ! Vous ! Tous autour de cette table. » Fabuleuse Fabulette, cours toujours Lise Lorette ! Tout en terminant avec la dixième cuticule elle avait conclu en les invitant à un apéro géant gratuit la semaine suivante. Un murmure s'était élevé dans le bocal. Gratuit ? Apéro ? « Toutes les entreprises s'y mettent pour les recrutements, il ne faut vous priver de rien. » Être chômeur et ne se priver de rien ? Patrons, entreprises, aéronautique, Lise Lorette Fabulette en parle comme d'amis, de proches, des intimes quoi. Elle affabule Fabulette. Retour dans le métro, un des Atouts Cadres avait tenté d'engager la conversation, le cliché du bonhomme au bout du rouleau, la peau déjà attaquée par les vapeurs d'alcool. « La privatisation du chômeur me laisse dubitatif, pas vous ? Vous êtes dans quelle branche ? » Elle avait hésité à lui répondre : « Cui-cui » mais cuit comme il l'était, elle n'allait pas en plus lui voler dans les plumes. Grâce à son conseiller Souteneur, Rosalie Sauvage a pu sécher les autres réunions Atouts Cadres et notamment éviter celle de la séance Relooking, où on vous apprend à vous manucurer les ongles à défaut de s'en laver les mains, et à faire un nœud de cravate avant d'aller se pendre ailleurs. Quelques centaines de cobayes en Midi-Pyrénées auraient, selon Lise ou Lorette ou Fabulette, retrouvé un emploi grâce à ce coup de pouce : « L'antidote à la perte de confiance. » Ben voyons. À son cinquième rendez-vous à Pôle Emploi avec son Souteneur, après avoir passé la matinée à se demander : bottes ou bottines pour son entretien, Rosalie Sauvage avait senti le piège. Au secours ! Si elle ne dégageait pas de là fissa, ce serait elle la prochaine Lise Lorette Fabulette.

Faut mettre un peu de mort dans l'amour

Évidemment Alexandre s'est demandé si le matin où il inhumait son père il n'avait pas projeté un peu vite sur son inconnue une trop grande émotion. Le trouble salvateur. En déplaçant le curseur, en remplaçant un manque par un autre, *a priori* moins inéluctable, moins cruel. Comment dire adieu aux siens ? Comment l'absence d'un irradie tout, devient une loupe et détermine notre vie affective ? Comment la perte d'un seul tord une existence jusqu'à décider de ce qu'elle sera ou pas ? Marc n'a eu de cesse de lui répéter que son inconnue était un substitut, Alexandre se serait épris d'elle « comme un dément » précise son ami, pour faire son deuil. Elle ne serait qu'un moyen. Un outil. L'inconscient et Marc… pas sûr qu'il en soit plus subtil ! À l'entendre, Alexandre aurait choisi une femme sur le point de se marier, sans moyen de la retrouver pour pouvoir se focaliser sur elle, et pas sur un mort. Dit ainsi avec sérieux, ce pourrait être imparable. Marc est pourtant du genre railleur, à peine assis à L'Entracte, il repère les fausses ferveurs, ceux qui en rajoutent comme s'ils avaient le monopole de l'amour, il pointe les excès et se moque de ceux qui mettent le clignotant : regardez comme on s'aime. Ils se donnent de l'ivresse, s'adonnent à leur étourdissement, et six ou neuf mois après ils soignent leur gueule de bois d'énamouré déçu avec un ou une qui s'assiéra à la même place. Aimer n'est pas de tout repos, ce doit être pour cela que beaucoup mènent leurs amours comme on conduit une affaire. Si la polygamie française a existé de tout temps, dès lors qu'il s'agit de tromper son conjoint chaque époque a ses ruses. Avec Marc, Alexandre est au fait des applis et autres qui fleurissent et croient faire un lifting à la plus vieille affaire du monde, les deux amis s'en amusent. Ce matin encore Marc lui en a appris de belles : « Certains sites Internet appellent ton conjoint avec des alibis en béton destinés à le tromper. Pour moins de cent euros on te dégotte une réunion d'urgence à vingt-deux heures, un dîner d'affaires monté de toutes pièces par une fausse secrétaire et tu t'envoies en l'air tranquille. D'autres sites te blanchissent, et vont fournir des preuves de ton innocence si tu es découvert, une liste de passagers avec ton nom sur un vol pipeau, un relevé de carte bleue ou la facture d'un restaurant bidon, des textos qui n'ont jamais été envoyés. » On paye toujours pour son crime mais ce ne sont plus que des euros.

Marc s'accroche à Rosalie Sauvage comme le mollusque à son rocher. Il se gargarise de son amour alors qu'il est seulement face à un échec, confronté pour la première fois à une qui lui résiste, et il a besoin d'en être obsédé. Il aime beaucoup Marianne, mais si aimer beaucoup sa femme rendait heureux, ça se saurait. Le soir de leur mariage, mini John Wayne a bu et dansé avec toutes les filles sauf la mariée ; et quand il n'a plus eu une goutte à boire, que les étoiles se sont mises à pâlir, il s'est enfin approché d'elle pour une dernière danse et il lui a vomi tout son champagne dans le cou. Depuis il arrange le mariage des autres, bousille le sien et s'en sort comme il peut. Il fait l'effet à Alexandre d'un véhicule utilitaire dont personne n'a plus besoin, qui roulerait avec le frein à main. Jusque-là les femmes le tenaient en forme, la dernière le leur rend en petite forme. Marc le dit lui-même : avec Rosalie Sauvage, il avait toujours l'impression de ne pas faire la bonne taille. Ça doit aider au lit !

Si Marc est un petit joueur, Marianne, elle, a la dimension d'une amoureuse, elle comprend d'ailleurs mieux les radotages fébriles d'Alexandre qui a arrêté d'offrir des fleurs à la femme de son ami, pour éviter à son copain les diatribes de Marianne : « Personne n'y échappe, Alexandre. Au début de toute histoire un bouquet de fleurs fraîches remplace l'autre, et nous les filles on change l'eau du vase sans que cela ne devienne jamais une habitude. On leur sourit à ces fleurs, on vit à côté d'elles, on les respire, on les déplace dans la pièce, et, tu vas rire je sais, on leur coupe la queue. De les voir se flétrir nous les rend précieuses, même si d'autres les remplaceront. Puis un jour, plus de fleurs pour nous, comme si c'était nous qui étions remplacées. Les rares fois aujourd'hui où Marc m'en offre c'est pour une occasion, alors qu'avant c'était pour rien. » Quelque chose d'heureux ne l'est plus, et même offrir ou recevoir un bouquet manque de naturel. Ce n'est pas un reproche, c'est pire ; dit sans colère, c'est redoutable.

Bien sûr Marianne sait pour Rosalie Sauvage. Dimanche dernier, elle a lancé à Marc qui n'a rien rattrapé : « Quand on a des doutes, on n'a plus de doutes. » Il y a sept ans, au moment de financer Event 3000, Marianne a jugé bon de préciser à Alexandre : « Ton copain va pouvoir s'épanouir en monsieur Loyal, à défaut de l'être avec moi. » Avant que Marc ne la demande en mariage, Marianne et Alexandre ont fait l'amour une paire de fois. Personne n'y a trouvé à redire même si leurs étreintes avaient quelque chose d'inachevé, l'impression d'un sommet avec rien en haut, une ascension inutile.

La voilà qui arrive. Qu'est-ce qu'Alexandre va encore pouvoir lui servir pour expliquer l'absence de Marc. De la limonade ?

— Tu vois, Alexandre, en t'épousant, j'étais sûre d'être malheureuse. Avec Marc, je n'étais pas certaine d'être heureuse mais ça m'a semblé moins rude.

— Question de point de vue.

— Tout dans notre couple est devenu fonctionnel, mais je continue à me dire que ça pourrait être pire.

— Ah bon.

— Tu connais le nombre de mecs de votre âge qui se connectent régulièrement à un site porno ? Quatre-vingts pour cent !

— Tous ne sont pas forcément mariés.

— Marc a de la chance de t'avoir.

— Non, il a de la chance de t'avoir toi. Tu es encore amoureuse de ton mari !

— Ça t'embête ?

— Tu sais bien que non.

— Faut mettre un peu de mort dans l'amour, ça l'entretient, et on arrive à faire durer son couple. Si tu te dis que tu le perds pour de bon, t'es moins à cran.

Elle le convaincrait presque ; à l'entendre, si on doit vivre ensemble, si on ne veut pas se quitter, il faut être dans l'instant et se faire peur. Ne pas hésiter à inventer une menace qui peut vous enlever celui que l'on aime, après on n'a plus du tout envie de faire d'esclandre. Évidemment, si on se dit en permanence qu'on va mourir dans la seconde, on réfléchit à deux fois avant de s'agresser pour une fenêtre mal fermée, ou un bac de douche mal rincé. Marianne n'a pas trouvé mieux pour serrer ce qui lui reste de bonheur. Elle a commandé une double limonade, elle n'a même pas demandé où était Marc.

Une coupe pleine d'épis et de rébellion

Rosalie Sauvage a bien l'intention que ses dernières heures à Toulouse soient sans surprise. Autant elle vérifiera dix fois l'heure d'un rendez-vous à Pôle Emploi, autant le prochain, elle y va tranquillement. Sur son agenda, à quinze heures trente, elle a noté : Architecte, son coiffeur, elle a la manie de tout renommer. Chaque trimestre il lui structure sa coupe courte, pleine d'épis et de rébellion. Demain, elle partira l'extérieur aussi net que son intérieur, et sentira sur sa nuque tout le bon à marcher dans les bois sans manger ses cheveux au premier coup de vent. Avant de venir à Toulouse, elle les portait longs, ils rendaient d'autant plus savoureux les fameux Desserts dont elle régalait ces messieurs, tous attendaient qu'elle les suce, derrière un rideau de cheveux, elle n'a laissé aucun y toucher, ç'aurait été comme entrer dans sa tête et ça non.

Son coiffeur actuel a une qualité majeure, rarissime dans sa profession, il ne bavasse pas, ne cancane pas, ne flatte pas ; ni intrusif ni faussement familier. C'est aussi le coiffeur de Marianne, de Marc et de leur grand ami, celui du Rosebud. Marc n'a jamais voulu qu'elle le rencontre, du coup elle en avait envie. Elle a eu le malheur de le lui dire et elle a été la seule de ses maîtresses que Marc n'a pas arborée en trophée, montrée au copain. Qui sait, il va peut-être entrer se faire couper les cheveux lui aussi ; Rosalie Sauvage y pense chaque fois qu'elle vient, et elle se maquille au cas où. Elle ne sait pas à quoi il ressemble, pourtant elle est sûre qu'il lui plairait. Pourquoi ? C'est bien que ce soit mystérieux. Tiens, l'homme qui vient du bac à shampoing. Non, il porte une gourmette. Et celui-là ? Pas mieux, il a les ongles rongés. Elle n'a jamais couru après un homme, elle ne va pas commencer.

Elle n'aimerait pas tomber sur Marianne, se retrouver côte à côte au rinçage, magazines débiles sur les genoux serait gênant. Elle n'est pas une voleuse de mari, elle ne saurait quoi en faire. Au contraire, qu'ils soient mariés la rassure, pas d'engagement, d'envahissement, pas d'enfant. Et ceux qui dénigraient leur femme, elle les bazardait.

Ça y est, la femme du coiffeur vient faire son tour, blonde évidemment, *la* blonde, très grande, elle en rajoute avec ses talons. La dame est sanglée dans un jean déchiqueté, les seins aussi prennent l'air, une créature, faisant sa descente dans le salon de coiffure. Rosalie Sauvage est au spectacle, elle regarde le mari qui n'en peut, mais au moins ces deux ne coupent pas les cheveux en quatre ; leur salon a ce qu'il faut de miroirs pour que les propriétaires les premiers en fassent ce qu'ils veulent. Rosalie Sauvage aperçoit dedans Marianne sortir songeuse du laboratoire d'analyses médicales, de l'autre côté de la rue. Marc est fier de sa femme et il a raison.

Est-ce qu'on peut être fière de l'épouse de son amant ? Oui. Elle en voudrait presque à Marc de s'être empêtré dans un adultère qui n'en vaut pas la peine. Son copain pourrait le raisonner. Ça la démange d'aller le trouver, en plus elle ne peut pas être mieux coiffée ! Un coup d'œil au coiffeur et retour à la réalité. Le mieux est de laisser Marc et Marianne se débrouiller. Sa nuque rafraîchie lui vaut un regard approbateur de la femme du coiffeur. Ce soir Rosalie Sauvage sera invitée dans leurs ébats et encore une fois elle ne sentira rien.

Tout est facile en amour sauf quand on aime

Tout est facile en amour sauf quand on aime. Passé la romance de la rencontre, si on n'est pas synchro comme le sont le sillon d'un disque et le diamant, y a rien qui va. Marc a fini par arriver et Marianne en fait grincer sa chaise. Alexandre est aussi silencieux que ses amis. Rosalie Sauvage pédale et Marc déraille. La première à lui en avoir parlé est Marianne : « Cette fille, c'est une indocile avec quelque chose d'inquiet qui attire les hommes. » Dont acte, on est loin de la fille en tongs. Marianne vient de sortir de son sac une enveloppe du laboratoire d'analyses médicales et la tend à Marc.

— C'était ça, ton rendez-vous, chérie ? Tu es malade ?
— Je ne sais pas. Je suis enceinte.

Alexandre a failli en avaler sa paille. Il allait les laisser mais Marc a été plus rapide et il a disparu l'enveloppe à la main. Il est parti où ce con ?

— Euh… félicitations ?

Pourquoi a-t-il fallu qu'il y mette une interrogation ? Il ne pouvait pas non plus la planter avec son je suis enceinte sans rien dire. Elle a éclaté en sanglots et Alexandre la raccompagne, avec une seule envie, retourner au Rosebud. Il la suit dans leur grand appartement, qui reste son grand appartement, elle y est née, y a toujours vécu, et y vivra toujours, une donation de ses parents, cadeau de mariage. Marianne a insisté pour se marier sous le régime de la communauté, contre l'avis du notaire et de tous, sauf Alexandre ; elle voulait – même si c'est raté – que Marc se sente ici chez lui, pas chez elle, et peut-être aussi lui prouver qu'il ne lui devait rien. La tapisserie a le double de son âge et elle est incapable d'en changer. Au temps où Marianne et Alexandre jouaient encore dans un lit, la perspective d'évoluer toute sa vie en pareil territoire l'avait douché. Marc, lui, aura vu dans l'enfilade de pièces la possibilité de se dégourdir les jambes.

Alexandre ne la questionnera pas sur « l'oubli » de sa pilule. Il n'y a pas longtemps ils auraient pu tout se demander, les choses changent, elles nous changent. C'est décourageant ce couple qui s'effiloche comme la tapisserie de leur salon. Et maintenant, un enfant par-dessus, en général ça ne marche pas. On fait un môme pour se sauver du naufrage, en fait on se fabrique un récif. Et qu'on ne lui demande pas d'être le parrain !

Ce moment où elle annoncerait à Marc qu'elle attendait leur enfant, Marianne a dû y penser souvent mais jamais aussi tristement.

— Tu vas me le ramener, dis, Alexandre ?

Marc affirme que, si elle n'était pas sa femme, Marianne ferait une formidable maîtresse. Combien de fois il s'est étonné de ne pas trouver plus de plaisir à fréquenter d'autres ventres. Et celui de Marianne qui va s'arrondir… Ils ont joui ensemble, puis ils ont voulu jouir ensemble, avant d'arrêter de vouloir. Ils se sont dissimulé leur déception et ont continué, parce qu'être deux c'est quand même quelque chose. Et puis Marianne suce volontiers, elle avale sans broncher, Alexandre l'appelait d'ailleurs son excellente fellatrice. Si avec Rosalie Sauvage Marc est souvent resté au milieu du gué, au moins avec sa femme il a une bonne salope à la maison. Seulement, dix années l'ont rendu paresseux au lit. C'est un peu comme voir le même film chaque soir, on sait comment ça commence, on sait comment ça finit. Surtout, Marc et Marianne ont perdu ce qu'ils préféraient : parler au lit après le sexe. Les deux l'ont confié à Alexandre. Est-ce d'être nus et momentanément sereins, tout ce qu'ils ont pu s'y dire paraissait possible. Leurs plus grandes décisions, ils les ont prises là.

Marc serait bien en peine de faire un reproche à sa femme, elle lui fait des repas équilibrés – ça, elle y réfléchit à leurs repas, le surprendre au moins là – et parce qu'un jour Marc lui a dit aimer comme elle se déplace dans l'espace, elle s'astreint à des heures de barre au sol qui lui donnent un port de tête somptueux. Évidemment qu'elle va le garder cet enfant, mais après ? Elle attend de son mari qu'il reste, le gosse grandira, ses parents vieilliront, et Marc s'habituera. Il continuera à s'épaissir, sa couperose à s'étaler, il devrait arrêter de porter des pulls à capuche mini John Wayne. Quand il a un coup de mou, Marianne lui sert sa recette miracle, un ragoût de mouton aux petits oignons et aux navets, les jaunes, les plus sucrés, qui ne se démontent pas, eux.

— C'est ça l'odeur que je sentais ? Tu l'as préparé pour ce soir après Le Rosebud ? Tu sais on sera peut-être quatre.
— Tu crois vraiment qu'elle viendra, Alexandre ?
— Marc va arriver tu vas voir. Ne t'inquiète pas.

Et c'est vrai, il a fini par rentrer, encore mutique. Alexandre aurait voulu que mini John Wayne et sa femme soient un tout petit peu plus heureux dans un moment pareil. Que sait-on vraiment des couples qui nous entourent ? Chacun a son secret de fabrication, et son mode d'emploi.

Maintes fois, Alexandre a imaginé marier son père. Puisant dans les spectatrices du Rosebud, il l'a fiancé à quantité de gracieuses, de jolies belles, les tendres douces, des fougueuses fiévreuses, Pierre allait être amoureux et ce serait grâce à son fils. Les plus spectaculaires, Alexandre les rabattait vers son fauteuil, et pour une paire de bas tirés sur une foulée aérienne, des ongles sanglants, un chemisier un rien échancré, il s'inventait ouvreur, les asseyant d'autorité là où il aurait dû poser ses fesses, puis il s'éclipsait. Aucune n'est restée après la séance, mais elles auront partagé une histoire entre un père et son fils.

Le Rosebud l'attend, Alexandre a besoin de ce moment seul avec sa mémoire et celle de Pierre, encore une fois, côte à côte dans leurs fauteuils devant un grand écran, et dans la scène qu'il se repasse il y a une femme qui sait qu'il la regarde. Elle s'est laissé observer, il en est sûr. Par un homme assez bête pour fermer les yeux et la laisser filer. Cette femme-là ne doute pas qu'elle peut plaire à qui elle veut, et ça ne lui déplaît pas d'être détaillée, la dame accepte facilement les hommages ; nul doute, le moment venu, que cela le trouble.

— Il faut que je vous laisse, les amis. Faites attention à vous. Il sera bon Marianne ton ragoût, les seuls navets que j'aime.

La blague des navets… À chaque ragoût, il la ressort ; aujourd'hui elle ne fait rire personne. Ce qui allait de soi, être tous les trois, va finir par devenir pénible.

Un enfant qui s'annonce mal, un cinéma qui finit mal, la journée a intérêt à bien se terminer.

Quitte à se mettre en jachère, autant que ce soit dans la nature

Comme chaque samedi à dix-sept heures, Rosalie Sauvage compose le numéro de sa mère. Et immanquablement les heures qui précèdent, elle est envahie par cet appel, partagée entre l'envie de ne pas le passer et le besoin de le faire. Elle fait les questions et les réponses, invente une conversation qui n'aura jamais lieu, elle en a banni les bulletins météo. Depuis ses dix-sept ans et son départ de leur village, peu importe où mais loin surtout, sa mère attend de sa fille qu'elle l'appelle nécessairement à dix-sept heures tapantes. Et va savoir pourquoi, Rosalie Sauvage ne raterait pour rien au monde de l'appeler alors qu'elle le redoute le reste de la semaine. Elles s'arrangent toutes les deux avec la sonnerie d'une tendresse programmée. Rosalie Sauvage la voit un peu comme un point de côté, il n'empêche pas d'avancer mais on grimace.

Elle repense à leur dîner au restaurant pour son anniversaire, toute la soirée elle avait observé à la table voisine une mère et sa petite fille, concentrée sur elles. Rosalie Sauvage aurait voulu être à leur table, avec elles, les radieuses. Les exclamations de la petite, le murmure de sa mère, Rosalie Sauvage leur chipait jusqu'à leurs mots doux : « Maman toute chouchou », « Mon enfant, ma folie douce, délice enchanté. » Pour Rosalie Sauvage, il n'y avait et n'y aurait que des *ma grande* usurpés et qui ne veulent rien dire. Elle avait eu beau être tout ouïe pour la table voisine, elle n'avait pu échapper à l'aigreur de la leur, celle de sa mère pour laquelle tous les hommes sont taillés à la mesure de son père, pas grand-chose. Elle avait soufflé sa bougie mais c'est elle qui s'était éteinte. À la fin, le cadeau, un aller-retour en première classe pour le dernier endroit où elle voudrait retourner, une zone grise, ses premières années. Finalement, la mère et la fille s'étaient couchées sans boire le champagne, aucune n'avait trouvé le sommeil, elles avaient toutes deux fait semblant de dormir, croyant en être moins tristes.

Le lendemain, Rosalie Sauvage avait laissé sa mère sur son quai avec une heure d'avance, elle n'avait pas attendu que le train arrive pour partir. À se voir le moins possible, elles ne se perdront pas tout à fait.

Quand elle pense à son enfance, ce qui domine, ce ne sont pas les rires autour de la table mais d'avoir eu l'impression d'être un fardeau pour ses parents. Comme si montrer qu'ils aimaient leur fille avait été au-dessus de leurs moyens. Déjà avant leur séparation, ils étaient trop occupés à ne pas s'aimer, son père dans un évitement permanent, sa mère le cherchant sans arrêt, à le pousser dans des retranchements dont il ressortait les épaules tombantes, il faisait le dos rond, à cran l'un et l'autre. Leurs trois enfants étaient là mais leurs parents n'y étaient pas avec eux. Et quelques années après ses deux frères avaient épousé ce qu'elle appelle « des femmes cloches à fromage », elles conservent mais n'empêchent pas de moisir. Pourquoi ses parents ne l'ont-ils jamais serrée dans leurs bras ? Pourquoi les a-t-elle toujours sentis se raidir quand elle quémandait une caresse ? Aujourd'hui encore, elle peut ne pas les voir de toute une année, ils l'embrassent du bout des lèvres et c'est immédiat, ses premières années lui sautent à la gueule. La fois, elle avait douze ans, où pour emmerder son ex-mari sa mère avait décrété vouloir s'absenter deux jours pour prendre elle aussi « du bon temps ». Elle l'avait dit du même ton qu'elle a quand Rosalie Sauvage tente de lui expliquer son travail. Être payé pour organiser des fêtes – donc pour faire la fête – reste pour sa mère incompréhensible.

Elle voit encore ses parents dans l'entrée du pavillon, chacun un pied sur le paillasson, et au milieu une gamine qui n'a pas grandi. La femme quittée avait voulu imposer à son ex-mari de garder leur fille, ce qui impliquait pour lui d'annuler une supposée bamboche, la petite Rosalie Sauvage devenue l'enjeu de leur dispute, pire, elle avait cru qu'aucun ne voulait d'elle. À cours d'arguments, sa mère avait fini par attraper l'annuaire téléphonique, pauvre menace brandie envers son ex-mari, et elle avait par maladresse failli assommer son enfant. La bataille en avait été stoppée nette, et là on avait demandé à la gamine avec qui elle voulait rester. La blessure des parents, il faudrait être assez grand pour s'en éloigner. Petit on ne pense qu'à les consoler, croyant qu'ils nous aimeront mieux.

On préférerait les avoir inventés, les souvenirs douloureux, et c'est des autres, les heureux, dont on finit par douter qu'ils ont existé. Ce jour-là, son père avait regardé son enfant avec une intensité bien triste, pour y échapper elle avait osé la seule réponse possible : « Tous les deux. Je veux rester avec tous les deux. » Parce que depuis le début c'était ce qu'elle voulait qu'ils restent pour elle, l'un et l'autre.

Où elle va, elle pourra faire une orgie de rosée et de toiles d'araignée, elle a toujours aimé rompre leurs fils, sentir qu'elle était la première à passer là. Chaque matin est neuf quand la nature s'en mêle. Elle a découvert l'endroit la semaine dernière, s'est décidée en trois minutes. À moins de deux heures de Toulouse, elle a trouvé son horizon. Il lui ressemble, et sera le reflet de son nom. À vingt pas de sa nouvelle maison, elle a pu suivre une sente secrète sous la neige soulevée à chaque pas, les cils fardés de flocons avant qu'ils viennent fondre sur ses lèvres. Sur les branches les plus basses, les plus à l'ombre, la neige avait durci, mais là où un pâle soleil réussissait à pénétrer, elle s'écroulait, imperceptible avalanche, un bruit mou, une chute blanche versée au ralenti. Tout était froid, tout était silence, l'air qui se déchire, accroche ce qui est nu. Elle avait continué d'avancer lentement, jusque dans un bois de petits chênes ; nulle trace humaine, seule une empreinte animale, rassurante pour elle qui n'y connaît rien. Reste à voir la tête qu'elle fera devant son premier sanglier, les murets de pierres sèches éboulés ne laissent aucun doute sur la largeur de son poitrail. Elle avait fini par faire demi-tour, affamée de flammes et de braises, avec un foyer grandeur nature cette fois.

Tous ces mois à ne rien faire elle a cru pouvoir régler ses jours sur leurs couchants observés de son dernier étage. Elle a fini par se méfier des crépuscules, leur beauté enténébrée. Après la rupture conventionnelle d'avec Marc et son agence, quelques visites à Pôle Emploi et la réunion Atouts Cadres, elle a eu son compte d'horizons bouchés. Certaine de ne plus vouloir mettre un doigt ni le reste dans la com, il a fallu changer de perspectives. Elle en était là de ses réflexions, du vélo et de rien d'autre, quand aiguillée par Marc une des mariées Event 3000 voulant absolument la remercier a sonné chez elle. Ce cher Marc, elle lui doit d'avoir trouvé la maison dans la nature où elle sera demain. En voyant le dossier Pôle Emploi traîner sur la table basse, la mariée Event 3000 a illico proposé à Rosalie Sauvage de lui confier son mas dans le Quercy, quelques hectares et plusieurs bâtiments à rénover où elle séjourne peu, le nouveau mari étant allergique à la campagne. Rosalie Sauvage y aurait sa propre petite maison et un œil sur le Degas et le Klein accrochés aux murs de la propriété principale. Ça ne pouvait tomber mieux. Elle va en finir avec ses habitudes de vieille prématurée et ses nouveaux rituels, tout devenant prétexte à être minutieusement anticipé. On découpe le temps avant qu'il ne nous hache. Quitte à se mettre en jachère, autant que ce soit dans la nature. Rosalie Sauvage se dit que ce qui est bon pour la terre sera bon pour elle. Terminé les platanes malades du canal, on ne la reverra pas de sitôt sur un vélo, elle en aura enquillé des kilomètres, pédalant comme on frappe dans le vide, sans rien viser.

Un couple, c'est surtout des détresses complices

— *Stop ! Une femme qui pleure, ça m'horripile !*

— *Dès que je l'ai vue, j'ai aimé cette maison. Elle semblait me souhaiter la bienvenue et vouloir que je reste. Vous ne pouvez pas comprendre. Vous pensez sans doute que je suis folle.*

Et voilà, les deux héros viennent de se rencontrer. Chaque film qu'Alexandre projette au Rosebud est important, certains plus que d'autres, c'est le cas ce soir. Plus le film lui tient à cœur, plus il faut que tout soit parfait. Ces vieilles pellicules usées sont passées par tant de mains, elles ont illuminé tant de visages, suscité des rires et des larmes, elles en sont devenues vivantes, donc capricieuses et imparfaites. Beaucoup sont mal en point, elles n'en sont que plus belles à ses yeux. En sortant de ses boîtes cette pellicule si souvent recollée, réparée, il se dit que c'est la dernière fois qu'elle va être projetée. Le Rosebud sera à elle aussi son tombeau. Il en a fait des voyages, ce film, et d'abord dans la tête des gens, leur mémoire. Sur les boîtes il y a des inscriptions dans des langues qu'il ne connaît pas. Maghreb, Russie, son père récupérait souvent des pellicules ayant déjà pas mal circulé. Aujourd'hui, on copie les images informatiquement, elles ne mettent plus des semaines pour arriver dans une salle ; dommage, on n'a plus le temps de les désirer. Avec une vieille pellicule comme celle qu'Alexandre s'apprête à projeter, devenue à ce point fragile, trouver le bon réglage du niveau sonore et de la netteté où que l'on se place dans la salle est une gageure. Il y a des films, disait son père, dont tous les comédiens, tous les techniciens sont morts. Sur le grand écran, les images sont bien plus qu'un souvenir d'eux, ce faisceau de lumière, il traverse l'espace, passe au-dessus des spectateurs et voyage dans le temps. Car tant que nous regardons ces humains plus grands que nous, ils revivent devant nous, pour nous et avec nous. C'est peut-être cela et uniquement cela le cinéma : faire revivre les morts. Alors oui, cette lanterne agitée dans la nuit est bien magique. Alexandre cale aussi le son au millimètre, il n'arrive pas à regarder un film s'il pense qu'il serait mieux un tout petit peu plus fort, la projection en est gâchée. Le réglage standard au Rosebud, on ne connaît pas, son père ne le concevait pas. Ils en auront lancé des bouts de film, des bouts de dialogues, d'ambiance sonore, de musique ; ils testaient à différentes places afin de trouver, non pas le bon réglage mais le réglage unique pour ce film et pas un autre. Alexandre est en train de le faire pour la dernière fois. Il ne faut pas rater les premières et les dernières fois, ou alors on y repense toute sa vie, et c'est elle qu'on risque de rater. Tout à l'heure Marianne et Marc ont foiré un moment qui aurait dû être unique, ils y repenseront et ça leur fera toujours un peu mal. Marc en est au point où il ne peut même plus tromper sa femme ou il aurait l'impression de tromper Rosalie Sauvage ! Une ex-maîtresse qui l'aime bien et s'il n'y fait pas attention bientôt une ex-femme qu'il aime beaucoup, dans les deux cas ce n'est pas assez. S'il affiche une assurance et un sourire de façade, Marc est lucide sur son existence à petite vitesse quoi qu'elle en paraisse. Il n'a pas vraiment d'avis sur cette escroquerie, la com, mais dit-il, à être sans passion autant que ce soit rémunérateur. Il travaille sérieusement pour du vent, il n'a pas choisi grand-chose et il le sait. Finalement, il se sera laissé porter plus qu'Alexandre. Jusque dans la chambre à coucher de Marianne. Un couple, c'est surtout des détresses complices et celles de ces deux-là ne vont plus de pair. Reste quoi ? Des sentiments en conserve, et on se fait l'effet d'être un ouvre-boîtes. Il leur a peut-être manqué une dose de hasard, ce truc inexplicable, quelque chose qui est à la fois nous et au-dessus de nous. Comme cette rencontre d'Alexandre avec son inconnue. Si Marianne au lieu de mettre un petit peu de mort dans leur couple, y mettait un peu de merveilleux ? Elle a toujours besoin de répéter « On est bien », trois, quatre fois dans la même soirée, et elle dit tout le contraire. Elle est la première à s'en rendre compte.

— Je veux cette maison !

— Vous êtes la femme la plus obstinée que j'aie jamais rencontrée.

— Merci, je prends cela comme un compliment.

Chaque phrase, chaque image du film de ce soir résonne, et le conduit à la fin. L'héroïne va jeter son dévolu sur une maison et le fantôme qui s'y trouve. Alexandre ne fait pas grand-chose de ses journées, mais il essaye de le faire bien. Il a un engagement envers les spectateurs et ceux sur l'écran, l'espace du défilement d'une projection ils vont vivre ensemble. Il y a des films pour chaque moment d'une vie. On se le repasse et on part dans son passé, nos préférés on sait qu'ils sont là. Celui que l'on élit entre tous va être un jour remplacé par un autre ; seuls ceux qui nous sont essentiels restent dans le peloton de tête, on vieillit avec, et le temps en est un tout petit peu apprivoisé. Pas tant que ça. Pareil avec les livres, on les lit, on les relit, on ne s'en sépare jamais et c'est eux qui ne nous quittent pas.

Quel paysage pour lui après Le Rosebud ? On s'endort et on se réveille avec le lieu où l'on vit, il est toujours là et il devient nous, il dit celui qu'on a voulu être. Parfois une existence entière ne suffit pas à le trouver. Alexandre n'a ni envie d'un chalet dans les Pyrénées ni d'une maison au bord de l'océan, l'existence en résidence secondaire avec une femme ou un époux secondaire, et à y être, des maîtresses ou des amants secondaires. Ce qu'il veut c'est une vie seconde par seconde et pas uniquement en vingt-quatre images. Jusqu'à présent tout son paysage était là, ce qui était autour n'était pas si important. Demain, il n'y aura plus de Rosebud, ça voudra dire quoi, vivre dans cette ville ? Quand il touchera sa nuque, ce ne sera pas du cinéma. Qu'elle vienne ce soir, et ce sera elle son lieu. Alexandre a fini les derniers réglages. La femme sur l'écran, ses yeux tourmentés et radieux iraient bien avec le dos de son inconnue. Dernière séance, dernière chance.

Juste se voir comme personne n'a voulu la voir

Elle déménage léger mais il va quand même lui manquer un carton. Elle a la flemme de redescendre ses quatre étages. Heureusement, avant de rentrer, elle en a pris trois supplémentaires chez le marchand de journaux au bout de la rue. Au-dessus de sa caisse, il y avait l'affiche du film programmé ce soir au Rosebud. L'ami de Marc venait juste de la déposer. À une minute près elle tombait sur lui, ce doit être qu'ils ne sont pas faits pour se rencontrer. Elle adore l'actrice dedans, elle a vu ce film il y a une dizaine d'années, après elle avait marché la nuit dans Paris, enjambant des ponts, attirée par les reflets sombres de la Seine. Cette histoire est pleine de tout ce qu'elle préfère, qui lui est naturel et en même temps elle le redoute justement par cette raison, la mélancolie qui vous ravit à tout ce qui ne serait pas elle. Il y en a de belles scènes au cinéma, dans ce film-là toute la fin domine. Elle aurait aimé le revoir sur grand écran, se régaler du visage déployé de Gene Tierney avec ses yeux insolites, des joyaux, et le marin, le capitaine… elle ne sait plus comment il s'appelle, brutal et tellement pas. Elle ne va pas passer à côté. Si elle allait au Rosebud ? Elle n'est pas obligée de s'asseoir au même rang que Marc et Marianne. Même pas besoin de se faire petite, elle l'est assez. Le temps de se le dire, elle voit bien que non, elle n'ira pas. Elle ne peut pas leur faire ça, la fermeture du Rosebud est un soir particulier pour Marc, Marianne et leur ami. Leur soirée, pas la sienne, elle n'a rien à y faire, et n'a pas envie de faire tache dans le décor. Dommage. Dommage vraiment qu'elle ait couché avec Marc.

Il lui tarde d'être demain. On ne se refait pas, elle a déjà inventorié le déroulement de ses journées, sans trop savoir ce qu'elle fera d'elle. Le matin, observation des oiseaux, puis lecture, elle commencera avec *Chez les heureux du monde*, l'après-midi, marche, et au retour un coup d'œil au Degas et au Klein. Elle fera des étirements histoire d'assouplir un peu ce qu'elle a dans la tête, cet ennemi insaisissable, soi. Pourquoi a-t-elle caché son déménagement au Cafard, et fait croire qu'elle ne voulait plus continuer avec lui ? Pour lui rendre la monnaie de sa pièce ? Elle lui en aura laissé des euros. Elle pensait à quoi le jour où elle est entrée dans le magasin de mariage ? À qui ? Personne, tout le monde, certainement pas à se marier, peut-être était-ce juste pour se voir comme personne n'a voulu la voir. Qui sait, Marc aurait pu être celui-là s'il n'avait déjà eu une femme. Non. Fini les mariages Event 3000 qui prenaient l'eau avant que la fête soit terminée, et elle ne parle pas des averses. Pour la pluie, ils avaient le Barnum nécessaire, des tentes « à la marocaine », les gens aiment à le dire, ça vous a un côté mille et une nuits. Elle en aura fait poser pour la photo des mariés et leurs tribus. La photo, ce qui restera. Avant on les mettait sous cadre, elles vivaient avec la famille, posées sur le buffet de la salle à manger, destinées à être regardées par des générations d'enfants pour lesquels elles finissent par devenir invisibles. Ou pièce maîtresse de l'album photo de famille, on les agrandissait, elles occupaient toute une page, toute la place, ça ne les empêchait pas de jaunir. Au début, on les regarde souvent, puis plus du tout et quand on retombe dessus, on préférerait presque ne pas les voir. La photo des deux familles reste un grand classique, c'est juste qu'on ne l'encadre plus, elle rejoint le disque dur ; d'iconique elle est devenue une icône sur un écran, ou une pièce jointe, likée par des inconnus. Il ne faudra pas qu'elle oublie sur son réfrigérateur la photo de sa nuque, elle emporte aussi la robe bustier, elle la rangera en dernier pour ne pas la froisser.

Être propriétaire lui sauve la mise, son appartement acheté cash est tout ce qu'elle aura gagné à ce cirque d'une autre pseudo-famille, les communicants. Rétrospectivement, Rosalie Sauvage frémit des séances à phosphorer en pure perte pour des slogans crétins, des plans média prétextes, des walking dinners indigestes ; elle est censée être au début d'un parcours professionnel qui n'en a jamais été un. Entre vingt et trente ans, Rosalie Sauvage a gagné plus d'argent que son père en un demi-siècle. Ce sans poser le bout d'un orteil à l'université. Une leçon. C'était bien de faire la sotte, il ne faut pas non plus que ça devienne une habitude ! Pas d'emprunt, pas de loyer à payer – elle va même en percevoir un –, elle peut partir presque tranquille. Pour sa mère, et tant d'autres, ça ne fait pas un pli : « Gagner sa vie, c'est faire sa vie. » Qu'elle ne soit jamais mère si c'est pour répéter de pareilles conneries à son enfant ! Ceux de sa génération n'ont jamais travaillé pour leur retraite, ce sera bientôt un gros mot. Sa retraite dans la nature elle se l'offre tout de suite. À elle de continuer à faire ce qu'il faut pour vivre sans dettes. Il va quand même falloir qu'elle trouve à s'occuper pour les cinquante années à venir.

Qu'a-t-il fait d'autre que se retenir de vivre ?

Elles vont devenir quoi toutes ces vieilles pellicules ? À l'heure de la diffusion numérique elles ne valent même plus le prix de leur conservation. Il fera quoi demain de tout ce celluloïd ? Il le jettera aux ordures ? Il trahit qui s'il les laisse en plan ? Son père ? Les cinéastes ? Mme Muir et son fantôme ? Il devrait déjà avoir rempli quantité de malles de toutes sortes de choses, les vieilles bobines, des kilomètres de pellicule dont son père n'a jamais pu se séparer, sans parler de ses affaires, tout ce qui depuis son décès n'a pas bougé de leur appartement. Tant que Le Rosebud ne sera pas définitivement à l'arrêt, il n'arrivera pas à en finir avec tout ça. Ce soir encore, être un jeune homme.

Est-ce qu'il faisait l'amour, son père ? C'était un non-sujet entre eux. Il était un homme pudique, et farouche, personne ne lui aurait cherché querelle, et pas un n'a moufté quand, sans rien dire, Alexandre a posé dans le fauteuil voisin du sien un couffin ; à en croire son père, Alexandre a été d'emblée bon public. Vers huit ans, il s'est évidemment cru le rejeton secret d'une star et s'est mis à traquer les ressemblances sur l'écran ; Steve McQueen en personne serait venu le chercher, rien n'y aurait changé, il avait un père, et c'était Pierre. Il a grandi sous un regard qui en valait dix : père, grand-père, mère et frère confondus, un seul.

Ils ont eu leur compte d'amoureuses Pierre et Alexandre, des somptueuses et des félonnes aussi. Ah ! Lana Turner en Milady de Winter ou dans *Le facteur sonne toujours deux fois*, Garance et sa vérité, incomparable Arletty. Ou Marlene à la fin de *Morocco* s'enfonçant dans le Sahara, talons aiguilles à la main et Gary Cooper à portée de ses baisers, et Marilyn en Roslyn la désaxée, toutes ces femmes ils les ont partagées. *Brève rencontre* aussi, et son baiser sous un quai de gare, englouti par le sifflement d'un départ qui ne conduit nulle part, si ce n'est à écouter en boucle le *Concerto pour piano n° 2* de Rachmaninov, le seul qui s'en sorte bien dans le film. Tant de l'histoire du Rosebud, celle d'un homme et de son fils. Avec Marc en troisième larron ; leur amitié tient du baromètre et de la boussole, à s'assurer qu'on ne perd pas le nord, et à prendre la température intérieure de chacun. Marc a eu des parents très occupés, disons préoccupés par leurs stock-options. Leur rejeton aurait voulu vivre à demeure au Rosebud, il y a trouvé un foyer. Alexandre a pu le constater, Marc a un sens de l'éthique pour le moins élastique mais c'est un ami exemplaire. Au physique comme au moral, il y a un monde entre ces deux-là qu'on ne refera jamais et c'est tant mieux. On dit Alexandre ombrageux, et si on l'asticote il vous pulvérise méchamment, tant il lui est simple de blesser avec le mot approprié. Un faux calme, une douceur mais coupante, tout en nerfs, avec un corps qui reste celui d'un adolescent. Marc est athlétique, on sent le colosse, on voit le vainqueur qui tombera de son socle, quinze ans de pratique d'aviron lui permettent de contenir un début de bedaine. Et ce bagout qu'il a ; Marc a un accent toulousain à couper pas au, mais à dix couteaux. Il tranche avec Marianne et on ne l'en aime que davantage. Il peut même être délicat : « Quand je sors d'un autre lit, rentrer et regarder ma femme dormir m'autorise à m'allonger contre elle. La veine le long de son nez, légèrement gonflée qui en redessine l'arête, sa bouche encore différente dans le sommeil, un air lointain mais qui ne me tient pas à distance, une mèche de cheveux qu'elle ne cherche pas à remettre en place, qui m'attendrit. Je lui souffle des baisers plus grands qu'un désert, elle ne bouge pas, je me dis qu'elle va les sentir, mais non, elle dort. Et cette femme c'est la mienne. » Ce que Marc ne sait pas c'est que Marianne elle aussi le regarde dormir. D'autres nuits qui ne sont pas celles où elle ne l'attend plus. L'un et l'autre se sont confiés à Alexandre. « On dort si serrés, Marc et moi, le moindre mouvement me réveille, son visage d'abord invisible dans la pénombre apparaît doucement, je passe et repasse ma main devant ses paupières baissées sans les toucher, j'approche le plus près possible et parfois ce geste lui arrache un léger gémissement, son souffle s'amplifie, et j'ai besoin de coller ma peau à la sienne, mon corps entier, qu'il adhère à son grand corps. Il n'y a que lui dans cet instant, ne jamais le perdre, nos chairs se trouvent dans le noir et un repos me prend. » Comment ne pas y croire ? On trébuche tous. Alexandre, c'est sur le seuil d'un magasin de robes de mariée. À force de ne rien commencer vraiment, de ne jamais rien terminer, qu'a-t-il fait d'autre que se retenir de vivre ? Au moins, il aura échappé à une femme interchangeable, celle qui vous met le doute le jour du mariage. Il a toujours vu les robes de mariée comme un déguisement, et leur trouve un côté déceptif. À l'image de ceux ou celles que l'on épouse ?

La maison dans la nature

Au téléphone, la fille parvient mieux à dire sa tendresse à la femme qui l'a portée jusqu'au bout il y a de ça trente ans. Et là, il va bien falloir que Rosalie Sauvage dise à sa mère qu'elle déménage.

— Qu'est-ce qui t'arrive, ma grande ? Tout va bien ?

— Oui, pourquoi ?

— J'ai appelé plus tôt, tu n'as pas décroché.

— Il est dix-sept heures quinze, maman, je viens juste de rentrer de…

— Je me suis inquiétée.

— Tu sais quoi ? Je continuerai de te téléphoner toutes les semaines mais plus le samedi, maintenant, ni forcément à dix-sept heures.

— Tu as un nouvel emploi ? Tu reviens du travail ? Un samedi ? Tu n'es pas devenue commerçante au moins. Ou tu pourras t'asseoir sur tes dimanches.

— J'ai mieux : un horizon !

— Tu ne vas pas encore déménager ! Viens ici quelques temps, ça te remettra les idées en place.

— Je ne crois pas. Je vais louer mon appartement et ta fille sera pour de bon dans la nature. Ma nouvelle adresse.

— Tu n'as pas rencontré un paysan au moins ! Attention, ça gagne pas beaucoup, et leurs hectares de terres on n'en fait rien du tout. T'es amoureuse ?

— Hum…

— Je ne t'aurais pas vue avec un gars de la campagne, ma grande, ça va faire sourire tes frères.

Au second ma grande, Rosalie Sauvage a raccroché, ce n'est pas très gentil mais comme elle ne l'est pas, gentille… Sa mère a plus d'une fois tenté de lui imposer Skype, sauf que ça sert à quoi à la base le téléphone si ce n'est pour se parler à distance, en s'évitant d'avoir sous le nez son interlocuteur ? Parfois, moins c'est mieux. Elle a laissé le téléphone sonner plusieurs fois sans répondre, et puis elle a vu les hanches à mille kilomètres de là, dans un sofa trop profond pour elles. Elle a vu sa mère qui n'accepte pas que son père ait pu vouloir être heureux. Et il l'est. Il s'est remarié, on peut dire qu'il les a tous surpris, non pas qu'il ait remplacé sa mère par une jeunette, c'est le collier qui leur a coupé la chique, celui qui fait battre le cœur de son père. Grisonnant, le collier, quoique parfaitement taillé. Rosalie Sauvage n'a pas encore osé dire à sa mère qu'elle les a reçus à Noël dernier, le meilleur qu'elle ait passé depuis longtemps. Depuis la lettre du notaire. À peine sa mère en avait-elle eu terminé la lecture, cette fois à voix haute, que la nouvelle fasse le tour de la table et du gigot, le bannissement du fautif n’avait fait aucun doute. Rosalie Sauvage s’en veut encore de son nez dans son assiette, elle venait d’avoir douze ans, elle aurait pu… Quoi, le défendre ? Le retenir ? Il ne le souhaitait pas. Leur mère avait été formelle, hors le périmètre de l’entrée, cet homme ne remettrait plus les pieds chez elle, car subitement la maison que leur père continuerait à payer seul pendant encore dix ans était devenue sa propriété exclusive, et les affaires paternelles avaient valdingué sur le trottoir. C’est ainsi qu’une chambre d’enfant devient menaçante et un sanctuaire, un avant. Elle qui évite comme la peste les mariages dans sa famille était la seule au côté de son père, le deuxième plus beau jour de sa vie selon lui. Car il y en a bien eu un premier, il n’en démord pas et le lui répétait encore à Noël : « Je l’admirais, ta mère. C’est une sacrée nana, tu sais. » Non, elle ne sait pas, mais ces mots de son père, elle les savoure comme un bonbon que l’on fait durer longtemps.

Sauver sa peau et celle des autres

Il lui faut toucher chaque rangée des fauteuils du Rosebud ; Alexandre refait bien plus qu'un chemin. Du comptoir d'accueil vers lequel se jettent ceux en retard à la salle où tout et tous s'apaisaient avant même que le film commence. Il vient de s'enrouler une dernière fois dans les rideaux sur les côtés de l'écran, ceux-là mêmes d'où, enfant, il jaillissait, provoquant le rire de son père. Il a encore quelques heures devant lui, et il y a trop de cartons et d'étagères vides dans leur appartement. C'est aussi ça la fermeture du Rosebud, perdre la chambre où il a toujours dormi ; l'affiche au-dessus de son lit, il la détachera avec plus de précautions que l'on en a pour une vierge, le papier punaisé avant sa naissance n'attend que de tomber en poussière, Gérard Philipe, le beau jeune homme du *Diable au corps*, le suivra où qu'il aille ; même si ce soir il se fait l'effet d'un vieux jeune homme.

Il a voulu revoir une fois encore la demoiselle que son père a aimée jusqu'à la fin, et dont il n'a pas su deviner l'existence ; pas assez curieux, pas assez concerné finalement par l'homme à qui il doit d'être qui il est. Son père lui aura appris à ne pas se laisser ligoter l'esprit par une réalité qui n'a de cesse de vous soumettre à quantité de peurs, et l'on file droit. Bientôt ce sont les gens que l'on transformera en multiplex, l'estomac et les rétines gavés de merde. Surtout ne pas penser, et bien s'empoisonner. Une vraie salle de cinéma, c'est un des rares endroits où l'on est bien quand on se sent trop seul. Alors que les multiplex lui font penser à Facebook, des fauteuils et des amis à la pelle mais aucun véritable souvenir commun. Le dehors vous y suit en permanence, sonneries de portables, pubs infâmes, on est connecté, on peut bien y programmer n'importe quoi. Au Rosebud, les blocs de sécurité indiquant la sortie de secours ne blanchissent pas l'écran, ils y ont veillé. Son père disait que dans un cinéma on est à l'abri. Il disait aussi que ne pas avoir de doutes aide à choisir. Alexandre, en préférant cette femme à toute autre, c'est sa vie qu'il choisit. Il attend ce soir comme ces rendez-vous où on veut être le premier à voir l'autre avant qu'il ne vous aperçoive. Son cœur est calme, son sexe plutôt en paix. On trouve toujours quelqu'un pour passer des heures éblouissantes, et après ? Il s'est envoyé des trous, il n'a pas fait l'amour. Il achète et il consomme, il ne fait rien d'autre qu'arpenter des rayons. Son inconnue et lui, où en seront-ils sexuellement dans vingt ans ? Ils seront qui ? Les mêmes qui s'aiment. Seulement, il faut que la vie passe pour le savoir. La vie d'un amour. Si Marc prenait le risque d'aimer à la hauteur des films qu'ils ont vus et qui ont façonné leurs rêves, il arrêterait peut-être d'avoir les mains moites, un détail parmi d'autres, dont Alexandre se serait bien passé, mais Marianne ne se fait pas aux mains humides de son mari, et à leur empreinte glacée. Comme s'il ne pouvait plus aimer sa femme que du bout des doigts, sans y toucher. Marc est un amateur, il enchaîne plein d'histoires dont il ne fait pas grand-chose. Il lui faut de l'inédit avec de préférence une cambrure prometteuse qu'il oubliera d'admirer.

Ces dernières heures au Rosebud sont aussi les premières d'un enfant qui va naître. C'est couru, Marc avec son lardon va la jouer béate comme s'il était le premier à en avoir un, il tombera dans le panneau des parents extatiques et exténués, et ce sont les autres qui fatiguent. Le bébé naîtra entouré d'affection et ne changera rien au désarroi d'un couple. Marianne et Marc ne se l'avoueront pas, ils se tairont mais ils se le diront tous les jours. Un silence qui en dit long, comme tous les silences, ce que l'on tait, que l'on veut cacher, sans pouvoir se le dissimuler. On vit avec car il ne vous lâche jamais, ce silence, au milieu des autres, au milieu de soi. Le père d'Alexandre lui aussi a eu le sien, dont le fils n'a rien soupçonné. Une photo qu'il a trouvée. Dans un tiroir à côté du lit paternel, un tiroir qu'Alexandre n'avait jamais ouvert. Dedans, il n'y avait rien d'autre que cette photo et le visage d'une femme. À lui seul c'est comme s'il racontait tout et noircissait des pages. Ce qu'il a noirci d'autre, Alexandre ne le saura pas, mais il sait que son père a voulu pouvoir le regarder une vie entière. Qu'à son tour – et Alexandre veut le croire – son fils le voie un jour. Découvrant ce visage, il a pensé une seconde qu'elle était là sa mère, espéré que Pierre soit son vrai père, lui qui l'était tellement. Davantage que belle, la femme de la photo est vraie. Vrai son regard donné à celui qu'elle regarde, vraie la rondeur du menton, sa jeunesse, éminemment charnelle et innocente. Il y a une date au verso : 1944. Alexandre a reconnu l'écriture de son père et a compris que cette femme avait été pour lui l'amour quand il ne vous quitte jamais.

La pureté donne de grands désirs. Il a eu envie une dernière fois de s'asseoir à leurs places dans une rangée de fauteuils vides. Appuyé sur l'accoudoir qu'ils partageaient son père et lui, la photo de la demoiselle orientée vers la lumière, il essaie de percevoir quelque chose du parfum de cette femme ; ses deux seins ronds dans l'échancrure profonde, ils ont ému son père. Alexandre voudrait dire à la femme de la photo qu'il l'a gardée jusqu'à la fin, qu'il ne l'a pas remplacée sauf par d'autres images, animées, moins vivantes qu'elle, la jeune demoiselle. Menue et longiligne, avec des paupières oblongues ; sans fard, elle a un grain de beauté dans le cou ; sérieuse, assise en tailleur sur une congère, elle a de grandes bottes de neige mais est habillée bien légèrement, de fleurs rouges, elles poussent à la lisière de son décolleté, le buste droit, elle a un air heureux. Dans quelles circonstances ces deux-là se sont-ils connus ? La contemplant, Alexandre n'a même pas besoin de réponse.

C'est maintenant ou jamais de dire adieu au Rosebud ; il lui fallait ces heures seul au milieu de ses souvenirs. Ça devient quoi un souvenir quand il a été rasé ? Dynamité. Il sait que ce soir la salle sera pleine, et même si son inconnue ne vient pas, le film, de toute façon, il l'aura projeté pour elle. Il sait aussi que bientôt il n'y aura plus rien de ce qu'a été la vie de son père et qui aurait dû être la sienne ; leurs projections privées du dimanche matin, elles seront sa mémoire finale. Il y aura trouvé une fermeté, pareille à celle qu'il ressentait une fois assis dans ce fauteuil, à battre le vide avec ses pieds d'enfant. Ils ont fini par toucher le sol.

Jusqu'au bout l'écran blanc l'aura impressionné, toujours cette crainte de ne pas pouvoir lancer le film, et puis le soulagement, l'émotion particulière de la première image, l'enthousiasme aussi pour les génériques. Ce soir, les six candélabres à la Cocteau sortant des murs depuis l'ouverture de la salle il y a près d'un demi-siècle accompagneront les spectateurs jusqu'à leur place. Alexandre avait les clés du trésor, et il lui faut les rendre, il perd un monde contenu dans une lucarne, par où il se faufile.

Enfant, tout lui rappelait les films. Combien de ses gestes et de ses pensées a-t-il comparés à une scène ou à un dialogue. Ses premières chaussures ont bien sûr été des chaussures d'Indiens, la serviette de table autour de son cou, un foulard de shérif. Une serviette qui devait être nécessairement noire, pareille à la couleur du foulard de Gary Cooper dans *Le train sifflera trois fois*. Il voulait être coiffé comme Clint Eastwood dans *Pendez-les haut et court* sur cette douzaine de tirages photo des meilleures scènes. Alexandre passait des heures devant, d'abord à imaginer le film, ensuite à se le refaire. Alexandre et Marc avaient pour chaque film programmé mission de les punaiser dans le hall, jusqu'au jour où il avait décroché le portrait d'Eastwood et réclamé au coiffeur la même coupe. À l'âge de neuf ans, il avait découvert *Un enfant de Calabre*, et la course éperdue de ce gamin affrontant son père et la misère pour devenir un champion lui avait donné les ailes pour rêver loin. Quand, à onze ans, il a demandé à son père le sens du mot « justice », ce dernier lui a projeté *Deux hommes dans la ville* et *Casque d'or*, la mélodie du *Temps des cerises* à la toute fin, l'inéluctable alors dans les yeux de Signoret avant que sa nuque ne ploie continuent de le hanter. Puis ç'avait été *Confession d'un commissaire de police au procureur de la république* avec ce gosse tué par la corruption de l'État, et il avait décidé de ne jamais voter. Et cette fois où, après *L'Armée des ombres*, son père n'a pas refait la lumière dans la salle, et s'était mis à lui raconter Bambin, son nom de résistant ; Bambin avait fait ce qu'il avait pu, ce qu'il devait, Bambin parlait et ce n'était plus un film, c'était sa vie, et elle portait tous les courages. Son père l'a vendu cher, son cinéma ; Alexandre achètera trois studios dans les beaux quartiers de la capitale et tout ne sera pas perdu, sauf l'essentiel, ce que, la guerre finie, Bambin a voulu continuer en programmant ses films : sauver sa peau et celle des autres.

Non, maman, je ne suis pas bizarre, je suis moi

Rosalie Sauvage se cale un coussin derrière les reins afin d'empêcher la tension surgie dans son dos de s'installer après avoir raccroché au nez de sa mère. Elle a fini par reprendre le téléphone pour tenter de lui dire la femme qu'elle veut être. Et ce qu'elle fera d'elle, Rosalie Sauvage. Sa mère l'écoute, peut-être parce que sa fille pour une fois est presque douce ; elle déroule son histoire, mélange un peu tout, ose des confidences et des reproches envers celle qu'elle n'arrive pas à ne pas aimer. Tout y passe : les fausses joies, les engouements passagers, les emballements stupides et ses réveillons à pleurer. Elle continue avec la tyrannie de sa mère, et elle, la petite Rosalie Sauvage, son polochon replié sur les oreilles afin de s'endormir sans entendre plus longtemps reprocher tout et son contraire à son père – le malheur d'une mère érigé en bouclier et qui ne touchait personne. Et enfin, elle le sort : qu'il faut arrêter de l'appeler ma grande, qu'elle n'en peut plus. « Tes ma grande, maman, ils me meurtrissent tu ne sais pas à quel point. » Elle continue avec le rideau, sa blessure, la trahison de ceux que l'on aime le plus enfant, un père lâche qui n'a rien dit pour la défendre, et sa mère la fausse gentille, vraie frustrée. Et puis quand même, la fille a besoin de dire à sa mère que oui, il y a un homme, un beau jeune homme même, et que non, il n'est pas paysan qu'elle sache. Une fois encore sa mère sera la première à savoir ; chaque événement important, chaque décision majeure, c'est toujours à elle que Rosalie Sauvage veut d'abord l'annoncer, à cette femme qui l'exaspère et semble ne rien comprendre à ce qu'elle est. Comme si ce qui lui arrive ne prenait tout son sens que parce qu'elles le partagent. Rosalie Sauvage a besoin de son approbation, besoin d'un consentement tacite d'une manière ou d'une autre, car la mère aura écouté sa fille, et peut-être l'aura entendue.

Le beau jeune homme, c'est ainsi qu'elle a pensé à lui tous ces mois. Elle n'avait pas projeté d'en parler à sa mère, surtout après le fiasco de la soirée d'anniversaire. Rosalie Sauvage ne voulait pas d'une nouvelle incompréhension. Il paraît que, lorsque on achète une maison, on peut en avoir vu des dizaines, on sait dans la seconde quand on se trouve devant la sienne. On n'est pas encore entré, on voit sa vie dedans. Il n'y a rien d'autre qui tienne ; ni les travaux, leur coût, ni ses défauts n'empêcheront de la vouloir. Un peu ce qu'elle a ressenti en l'apercevant derrière elle dans le grand miroir, elle y a pas mal pensé, se réconfortant, lui aussi il la voudra elle et nulle autre. Si ce n'est qu'elle part demain, et le crépuscule déjà entre dans son salon. Ce qu'elle a tu pendant cinq mois et d'abord à elle-même, Rosalie Sauvage le sort en vrac au téléphone à sa mère, détresse d'une petite fille qui réclame qu'on la rassure. Pourquoi elle ne le croise pas ? Pourquoi il n'a pas encore sonné à sa porte ? Pourquoi il ne fait pas de vélo ? Tout s'embrouille, comme si elle avait oublié que c'est elle qui s'est cloîtrée, redoutant non pas ce qui pourrait arriver mais ne pas arriver, que l'essai ne se transforme pas et qu'elle se soit trompée. Elle y a à peine goûté et elle la désire tellement cette évidence. À part son image d'un vaisseau insubmersible, elle n'a jamais établi de portrait-robot de l'homme idéal, en attendant elle n'arrive pas à se l'enlever de… partout. Pourquoi a-t-elle déguerpi aussi ? Elle cherchait quoi ? À le faire courir ? Oui. Elle se traîne maintenant.

Elle ne laisse pas sa mère en placer une, coupe court aux questions auxquelles elle serait incapable de répondre : les revenus du jeune homme, son travail, marié, pas marié, père de famille, quoi d'autre ? Français, pas français ? Ça changerait quoi ? Elle ne coche pas des cases et elle ne veut surtout pas d'un partenaire. Partenaire ! Elle ne sait rien de ce qu'est partager sa vie au jour le jour. Le dire déjà paraît décourageant ! On perd quoi ? On garde quoi ?

— Tu sais, maman, papa n'a jamais rien dit contre toi, jamais. Il n'arrête pas de répéter que t'étais une sacrée nana, qu'il t'admirait.

— Peut-être que j'étais une sacrée nana, mais c'est du passé.

— Non, maman. T'as le droit d'arrêter de râler tout le temps, de ne pas avoir forcément raison ou de voir une catastrophe dans à peu près tout. Et arrête aussi de juger les autres !

— Alors il dit ça ton père… que je suis une sacrée nana. Tu ne crois pas qu'il aurait pu me parler ? Ce courrier du notai…

— Non, maman, il ne pouvait pas te parler. On ne peut pas te parler.

— T'es bien ma fille alors. Je sais qu'à Noël ils étaient chez toi. Tu les as fait dormir où ? Ça ne te dérange pas de voir ton père coucher dans le même lit que son…

— ... mari, maman, ils sont mariés. Papa demande toujours de vos nouvelles, il ne dit rien mais ça lui manque de ne plus voir ses fils.

Ce qui l'embête ce n'est pas que son père fasse l'amour avec un homme mais que sa mère n'ait pas fait l'amour, elle, depuis bientôt vingt ans – et qui sait combien de temps cela durera encore. La mère et la fille n'ont jamais parlé de sexe, Rosalie Sauvage a fait ses classes toute seule, là oui, comme une grande. Adolescente, elle a essayé de convertir sa mère aux tampons, lui en a offert avec applicateur, rien à faire, sa mère est close, scellée. Enfant, Rosalie Sauvage guettait les rares moments où ses parents se touchaient, deux mains qui s'enlacent, un baiser pour la fête des Mères ou la fête des Pères et leurs anniversaires, une tête contre une épaule les dimanches d'hiver quand il pleuvait trop pour sortir et alors c'était fête, tous autour de l'écran, serrés sur leur canapé avec Ben-Hur, Scarlett O'Hara ou Dark Vador. Il lui semble que le meilleur de son enfance et de leur amour a pris racine dans ces heures devant d'autres vies que la leur, mais alors ils riaient, avaient peur, s'enthousiasmaient, ensemble, et quand elle pleurait devant des héros fatigués, Rosalie Sauvage, ces larmes la reposaient. Elle ne sait pas ce que sera sa vie, elle attend encore dans son corps la déflagration que lui ont promis tous ces films et les romans, quand on se sent de la lave et qu'un autre efface tout ce qu'il n'est pas. On est hors de soi, vulnérable, on en redemande. Elle a monnayé sa jeunesse pour des cannibales familiers des palaces. Est-ce qu'elle sera mère un jour ? Avoir un enfant... la réponse est venue sans réfléchir : on fera comme il voudra. Parce qu'il y a un IL maintenant. Il va bien falloir le retrouver, c'est obligé. Alors que cet homme la fixait derrière cette vitrine, tout en elle a tremblé.

— Maman, tu viendras me voir où je vais ? J'aimerais bien. C'est foudroyant de beauté et encore sauvage.
— C'est toi, ma fille.

Ma fille... elle ne croit pas que sa mère l'ait jamais appelée ainsi, ni lui ait dit une seule fois qu'elle était belle – ce n'est pas faute d'avoir cherché les compliments, parfois un peu trop. Elle aurait voulu que sa mère remarque tout. Ceux qui nous élèvent ont été les premiers. Les premiers que l'on aime et que l'on craint, les premiers qui reçoivent nos caresses et après nos promesses, les premiers à qui on ment, auxquels on se mesure. Les premiers que l'on voudra changer, à qui on s'opposera, les premiers que l'on verra vieillir et on devra les voir mourir, pour être avec eux jusqu'au bout. Les premiers que l'on perdra et ils manqueront. Les premiers que l'on appelle quand on est heureux ou trop malheureux. Elle ne fait rien d'autre en rappelant sa mère avec son coussin derrière les reins, les joues humides jusque sous le menton.

— Je connais ce coin. On y a été pour des grandes vacances tous les cinq, avec ton père et tes frères, tu étais dans mon ventre, on ne se quittait pas une seconde ! C'est que des beaux souvenirs. Quand tu es partie à Toulouse, j'ai même cru que c'était parce que ton père t'en avait parlé, que tu ne voulais pas être loin d'où on a été le plus heureux. Tu es tellement bizarre, ma fille.

Non, maman, je ne suis pas bizarre, je suis moi. Et non, son père ne lui a rien dit, peut-être pour lui les plus beaux souvenirs sont-ils encore à vivre.

Rosalie Sauvage a envoyé valdinguer le coussin, c'est son tour d'écouter. Enfant, nous avons besoin des histoires que nos parents nous racontent pour nous aider à traverser la nuit, faire de grands rêves, et Rosalie Sauvage entend enfin l'histoire qui lui a manqué. Quand sa mère l'attendait, elle s'était mise en tête d'apprivoiser un chevreuil. Elle aussi alors l'a été, fantasque ? « C'était ce chevreuil, pas toi, ma première pensée quand j'ouvrais les yeux. Sûr, il serait là avec l'aube. Je l'avais vu de notre lit à travers la fenêtre les trois premiers matins. J'aurais pu rester parfaitement immobile des heures pour qu'il ne parte pas, mais il y avait toujours un de tes frères qui le faisait fuir. Je l'ai attendu toutes les vacances, et c'est toi qui es arrivée, Rosalinette. » Rosalinette... Elle l'avait oublié, Rosalinette, et qu'à treize ans elle avait menacé de faire une fugue si sa mère continuait à l'appeler ainsi. Maintenant elle prierait pour l'entendre. « Et il y avait les salamandres, dans une sorte de petit bassin naturel creusé dans la roche non loin de la maison. Tes frères ne s'en souviennent pas mais ils ont passé leur été à les attraper, puis à les relâcher. Ton père leur montrait les larves, leurs minuscules pattes, on aurait dit des doigts au bout, on parlait de toi. Les bébés salamandres, c'était la petite sœur qui arrivait. Tes frères voyaient les vagues que tu faisais dans mon ventre quand tu bougeais, déjà leur sœur les impressionnait. »

Le crépuscule a fini d'envahir la pièce, et comme sa mère avec son chevreuil, Rosalie Sauvage ne bouge pas, elle écoute, elle voudrait écouter jusqu'à ce qu'il n'y ait plus rien à dire. Sa mère elle aussi est entrée dans la pièce, à sa façon elle fait la lumière. « C'était pas la même campagne que par chez nous, on découvrait la chaleur, tout ce qui vient avec, on vivait comme... des sauvages, tiens ! Pieds nus avec rien sur le dos, on en a mangé du pourpier, midi et soir, tu devrais en trouver, une salade qui ne ressemble pas à de la salade, elle poussait comme le chiendent dans ce coin.

C'est recommandé quand on est enceinte, et comme c'était bon pour toi, j'en ai mangé, mangé, avec les doigts, tu crois ça, ma fille ? Et les insectes, fallait voir les insectes, des sauterelles, ils ont des sauterelles là-bas ou des criquets je ne sais pas, tu me diras. On a même eu une invasion de coccinelles, elles sortaient des poutres par centaines, faisaient pipi partout et laissaient une odeur d'urine. Au bout de quelques heures, on les retrouvait mortes sur le dos, déshydratées ; on les ramassait, elles craquaient entre les doigts, je ne sais pas ce qu'elles avaient. Après plusieurs jours dans la maison, j'ai arrêté de vouloir tuer les araignées, il y en avait trop et puis… t'étais là, toi, j'allais pas faire du mal. Ça m'est resté, je n'en ai plus écrasé aucune, je les attrape par leurs grandes pattes, j'ouvre la fenêtre et bon vent. »

Ah ! maman, comme tu aimes bien quand tu aimes, pourquoi tu ne le disais pas.

— Tous ces souvenirs, c'est un peu les tiens aussi, Rosalinette. Je n'ai jamais été aussi heureuse qu'enceinte. Après deux fils, j'allais avoir une fille ! Il était content, ton père, fallait voir. Il était fou de sa fille, et moi je l'aimais encore plus pour ça. On a passé des jours à s'embrasser avec un rire dans tout le corps. On a choisi ton prénom là. Il y avait des tas de fleurs mais il n'y avait pas de roses, tu sais comme j'aime les roses… Non ? C'est vrai que ton père ne m'en offrait plus… Je comprends, j'étais pas drôle avec lui. J'ai vite su, je crois, que ce ne serait pas moi qui le rendrais heureux. Et je lui en voulais, et je lui en veux encore, mais y a pas à dire, ton père, c'est un bonhomme de première. Et il m'a rendue heureuse, personne d'autre. Quand je t'attendais, Rosalie, j'étais invincible.

Si un jour je suis ta femme

Marc vient d'arriver au Rosebud. Au lieu de rester avec Marianne, il a fallu qu'il vienne se réfugier au cinéma. Il est affolé comme un enfant qui a peur du loup. Dans l'enveloppe du labo, il y avait aussi pour lui une lettre. Glissée avec les analyses. Sans une rature et aussi imparable que les résultats. Marianne se sera méfiée d'elle, du gâchis. On ne peut pas être deux à abîmer un amour. Elle n'a pu s'empêcher de lui balancer sa grossesse abruptement tout en lui écrivant une lettre. Marc n'en a rien dit en nous rejoignant chez eux tout à l'heure mais il est encore en train d'essayer de la digérer, il l'a lue et relue, y cherchant la décision à prendre, sans savoir s'il va retourner chez lui en traînant les pieds ou en montant les marches quatre à quatre. Il a voulu que mini Gary Cooper lise et dise à mini John Wayne comment s'en sortir.

Si un jour je suis ta femme, tes mains ne dégoulineront plus quand elles me touchent tant ton cœur est devenu sec. Si un jour je suis ta femme, tu sauras enfin quoi faire de nos rêves, ils en ont loupé des rendez-vous qu'on ne s'est pas donnés. Si un jour je suis ta femme, tu pourras me toucher comme on serre sa joie sans que rien ne l'étouffe. On aura faim et on mangera des girolles en omelette, j'ai encore leur goût dans la bouche, pourquoi il me donne mal au cœur aujourd'hui ? Si un jour je suis ta femme, chaque fois que tu es sous la douche je ne tremblerai pas de découvrir ce que je redoute tant : une preuve. Une autre à laquelle tu écris les mêmes mots, promets les mêmes caresses, mais à elle tu réclames ce que tu ne me réclames plus. Je pourrais ne plus l'être du tout, ta femme, et alors il te resterait quoi ? Pas grand-chose. Ce que nous sommes devenus. Si un jour je suis ta femme, on se fichera des voyages, de la mer et de la montagne, on arrêtera de se ficher de nous, et nos baisers ne resteront pas inachevés. On ne redoutera pas les années qui passent parce que ce sera plus de temps ensemble. Si un jour je suis ta femme, c'en sera fini de t'écrire en pleurant. Je ferai un roc de mon ventre, notre famille. Pour tout cela mais surtout parce que je t'aime sans adjectif, si un jour je suis ta femme, alors oui, tu seras l'homme que j'ai épousé.

Marianne

C'est tout Marianne cette lettre et c'est une bouteille à la mer lancée dans une houle, luttant entre une surface démontée et un fond dangereusement immobile. Marc ferait bien d'arrêter de radoter sur il ne sait trop quel amour ; elle donne de grandes espérances sa femme. Ça devrait le rassurer. Suffisamment pour que ce qui n'a pas été espéré se réalise : être deux quand on est trois.

Elle est cette biche qui abrite un grand cerf

Pourquoi s'est-elle enfuie alors qu'elle n'avait qu'un désir, qu'il la rattrape et l'attrape. Pourquoi aussi a-t-il fallu qu'il ferme les yeux ? Elle lui a pourtant laissé le temps de se décider, et a assez remué les fesses pour le convaincre d'entrer. Ce n'était pas tant son reflet à elle qui l'intéressait, mais celui du jeune homme repéré dans le grand miroir et manifestement aimanté. Elle en a eu un désir réjouissant, différent ; qu'il la dépiaute, et ce ne sera plus à elle Rosalie Sauvage de satisfaire tous et n'importe qui, ce sera elle, la comblée. Pas un jour sans qu'elle ne repense à ces yeux posés sur elle. Comme elle aurait voulu ne pas échapper à ce regard, qu'il la fouille, se cogne à son abandon, son urgence consentante ; écrasée, soulevée par un grand corps, elle ne sera plus une béance, elle sera une pépite, qui brille longtemps, après qu'on l'a découverte. Des mois qu'elle vit avec lui, sauf que non, le jeune homme en question a préféré fermer les yeux et ça l'a énervée, il allait falloir encore tout faire ! Elle avait tendu à la vendeuse sa carte bleue, et la minute d'après, sa robe de mariée encore sur le dos,

Rosalie Sauvage avait bondi loin du grand miroir, hors de vue du magasin, et lui, le malin, l'aveugle, cloué sur le seuil. Elle avait accéléré le pas, couru presque, tout en espérant qu'il la rattrape. Elle est cette biche qui abrite un grand cerf.

Jusque dans ses échappées en vélo le long du canal, elle n'a pu s'empêcher de guetter ce regard, le chercher dans tous les cyclistes, les joggers croisés, et c'est Marc qu'elle apercevait. Elle n'a pas eu envie d'y revenir, même pour rompre la monotonie de ses journées, se donner une sensation, cueillir un compliment, des miettes, quelque chose quand même. À s'inventer des fougues, on est bonne pour eDarling. Quand il s'est agi de quitter Toulouse, elle a presque hésité en pensant à cet homme manqué, il ne pourrait plus la retrouver ; mais très vite le compte à rebours lui a plu, il y aurait une échéance, ce n'était pas plus mal. Qu'il la retrouve à temps. Sauf qu'elle en est à faire ses valises, et vient de terminer le dernier carton. Elle a eu envie de réessayer la robe bustier avant de la plier en quatre. Si elle n'était certaine d'y trouver Marc et sa femme, l'étrenner ce soir au Rosebud aurait été parfait, et elle aurait aguiché leur Alexandre avant de partir, donner des regrets aux hommes elle sait faire. Elle en aura fait des détours ces dernières semaines pour ne pas risquer de les croiser à L'Entracte ou dans le cinéma du copain. La soirée va encore être un chef-d'œuvre… noix de cajou et tarama devant des placards vides.

Qu'est-ce qui lui a pris de vouloir réessayer cette robe ! La porter pour elle seule comme un baroud d'honneur. Avant de se glisser dedans, il a fallu qu'elle aille nue sur son palier où sont rangées toutes ses chaussures pour y trouver sa seule paire à talons. Résultat, un courant d'air, la porte claque, *sa* porte, et elle se retrouve sans rien sur le dos perchée sur des aiguilles sans pouvoir rentrer chez elle. Elle n'y croit pas, tambourine, alors qu'elle sait que c'est inutile. Impossible d'ouvrir ces portes qui vous bloquent à l'extérieur de chez vous si on n'a pas sur soi les clés. Elle est à poil dans une cage d'escalier où il ne fait pas dix degrés et ses talons n'y changent rien. Une petite prière en descendant la volée de marches pour que la voisine soit chez elle. Rosalie Sauvage a découvert la vie de son immeuble en arrêtant de travailler, elle a repéré les habitudes. Celui du deuxième qui referme la porte de son garage à sept heures tapantes et part bosser. Cet homme est son réveille-matin, pourtant elle ne l'a jamais croisé. Le jeune homme du magasin de mariée, elle voit à peu près à quoi il ressemble mais elle ne sait rien à son sujet. Elle s'en est persuadée – nettement moins depuis quelques jours – viendrait le moment où ils tomberaient l'un sur l'autre. Là, elle aimerait tomber sur sa voisine.

— Vos clés sont restées à l'intérieur, c'est ça ? Ça m'est déjà arrivé, mais j'étais un peu plus couverte ! Entrez. Tenez, mettez ce manteau et je vais vous chercher un pantalon et un pull.

— Merci. Je peux appeler les pompiers avec votre téléphone ?

— Ils ne viendront pas, ils ne se déplacent plus pour ça.

— Si je leur dis que j'ai laissé le gaz allumé sous une casserole ils seront bien obligés.

— Parce que vous avez le gaz, vous ? Il n'y a pas le gaz dans l'immeuble.

La voisine leur a préparé un thé. Dans toutes les pièces, il y a des photos de son fils, sur les dernières il lui manque les deux incisives du haut ; c'est sûrement ça être une mère, trouver son enfant irrésistible même édenté ! Rosalie Sauvage aime bien entendre le petit le matin dévaler la cage d'escalier pour ne pas être en retard à l'école. La voisine est en train de lui raconter que son fils est rentré hier, à même pas neuf ans, après avoir déjà fait dans l'enceinte scolaire sa troisième minute de silence suite à une énième tuerie. Avec un nouveau mot à la bouche : deuil. La mère du coup lui a fait écouter Léo Ferré *Ni Dieu ni maître* toute la soirée. Rosalie Sauvage aura passé des mois à éviter sa voisine par crainte d'être envahie et maintenant qu'elle part elle se rend compte qu'elles auraient pu s'entendre. Il faut qu'elle trouve un moyen d'ouvrir sa porte. Ça va être coton de trouver un serrurier un samedi soir.

— Personne n'a vos clés ?

La voisine vient de lui souffler la solution. Marc. Marc a sa clé ! Par élégance Rosalie Sauvage ne la lui a pas réclamée et il n'a pas été fichu de la lui rendre. De toute façon, il faut bien qu'elle lui dise qu'elle quitte Toulouse. Il accourra et elle lui dira adieu bien gentiment. Quand elle le repérait derrière elle en vélo, elle accélérait. Avant même de commencer, son histoire avec Marc était classée, elle ne sera pas archivée. Même si l'air de rien il l'a sacrément aidée en lui envoyant la mariée Event 3000 avec son Degas et son Klein à surveiller. Et depuis leur rupture elle en a fini d'user de ses amants comme de mouchoirs en papier. Celui-ci clôt beaucoup de sa jeunesse qu'elle laisse en partant. Mais avant elle doit terminer sa valise.

— Marc tu peux venir ? Impossible d'entrer chez moi, j'ai laissé la clé à l'intérieur. Tu l'as gard… oui ! Je t'attends !

Elle aurait dû résister à Marc et ils seraient bons amis. Le dernier film qu'elle ait vu au Rosebud avant que ne commence leur liaison l'a transformée en James Coburn. On devient toujours un peu les héros que l'on préfère, surtout quand ils sont la nostalgie incarnée. Ceux d'*Il était une fois la révolution* sont autrement plus vivants que ceux qui les regardent et ils vous poussent dans vos retranchements. Elle sera bien dans la nature. Le problème n'est pas de travailler mais de ne pas vieillir pour rien. Parce que hein… il faut arrêter, ça ne se gagne pas une vie, ça se perd. Elle se doutait qu'elle était une fausse ambitieuse, elle a juste aimé remplir son compte en banque au moment où d'autres se plantent à leurs partiels. La fac lui a paru si inutile, un ticket pour être une avachie dans son canapé et ressembler à sa mère avec ses « il faut avancer dans la vie ». Avancer dans la vie c'est avancer vers la mort, point final. Même si, jusqu'à présent, elle a plutôt mené les choses à son avantage. Comme tant d'autres, elle a eu besoin d'impressionner ses parents, a cru y arriver en gagnant de l'argent. Maintenant il va falloir leur faire entendre qu'elle n'est pas une paresseuse, ni une velléitaire parce qu'elle n'a plus de fiches de salaire. Repenser la personne qu'elle est. Elle sera bien avec les salamandres d'avant sa naissance, elle pourrait essayer de reprendre contact avec ses frères. Pourquoi faut-il toujours que l'on juge ceux de son sang et que ceux qui vous ont élevé vous comprennent le moins ? La dernière fois que Rosalie Sauvage s'est retrouvée avec eux, ç'a été pour quitter la table familiale en martelant : « Je ne demande pas que les autres soient comme moi, je demande juste que l'on ne me demande pas d'être comme les autres. » Elle va peut-être retenter les fêtes en famille, Noël et sa bûche inévitable, la même depuis la nuit des temps, et que leur mère a décrété être bonne pâtissière. Les nuits de Noël, Rosalinette et ses frères partageaient une attente pleine de cadeaux et les rires emballés avec lui font encore l'effet d'étincelles, elles picotent quand elles la touchent.

Sa mère lui a dit un jour qu'elles se ressemblaient trop pour s'entendre. À l'époque, Rosalie Sauvage en a été accablée. Elle sait, oui, qu'elle a pris soin de ses enfants sans s'épargner, ni temps, ni effort, ni inquiétude, ni dépense. Sa mère qui chaque samedi l'emmenait au cheval, l'encourageant devant les obstacles. Sa mère qui finalement l'aura soutenue dans ses choix qui n'en sont pas vraiment. Elle est celle à qui Rosalie Sauvage aura pensé plus qu'à quiconque, tout le temps mais jamais trop longtemps, ou sa gorge en serait nouée. Il ne faudrait pas laisser l'enfance nous quitter. Elle a un peu trop tendance à se le répéter et elle est bien jeune pour la nostalgie, mais comme elle lui manque cette mère de quand elle était petite, capable d'interrompre leur repas et de danser sur la voix de Nina Simone pendant les dix minutes que dure *Sinnerman*. Vouloir une mère qui n'aurait pas ces hanches de géantes ce serait étreindre une femme qui n'existe plus.

C'était un amour

Cet appel, Marc ne l'attendait plus. La lecture de la lettre de Marianne par Alexandre l'a requinqué et convaincu de la suite. Les deux amis en étaient au passage en CE2 du petit ou de la petite et à sa ceinture jaune de taekwondo quand le portable de Marc a sonné.

Sa sonnerie « vintage » reproduit à l'identique celle des anciens téléphones et résume assez ce qui les différencie. Au Rosebud, le téléphone est encore à cadran et chaque fois qu'Alexandre compose un numéro avec, il a cinq ans. Pourquoi il perdrait ça ? Il l'embarquera et sauvera au moins quelque chose.

On peut dire qu'elle a choisi son moment pour appeler, la Rosalie Sauvage. Quelques minutes avant que son portable sonne, Marc se disait prêt à reconquérir sa femme maintenant qu'elle s'apprête à être la mère de son enfant. Qui veut le mieux veut le plus. Marianne n'a finalement pas renoncé à ce qu'elle est, une femme amoureuse ; c'est une lutteuse, une qui gagne aux points, elle vieillira mieux que son mari. Sa lettre donne une chance au présent, leur petite famille. Et pourtant Marc a filé vers

Rosalie Sauvage comme une de ces flèches que se lançaient mini John Wayne et mini Gary Cooper.

De nouveau seul, Alexandre a rouvert l'urne pour y glisser la photo de la demoiselle, qu'ils soient encore ensemble tous les deux. Penser que les yeux de son père sont là… Ils ont fait surgir une image, plusieurs même, un fragment d'antan gardé en mémoire quelque part sans qu'il ne le soupçonne, un petit caillou enseveli sous un tas de souvenirs.

Il est assis dans le fauteuil de son père, et là, dans la pénombre de la salle, il a pu faire la lumière sur la jeune demoiselle. Il croyait ne pas savoir qui elle était alors qu'il l'a toujours su. Tout est revenu. Il a plongé dans son regard si clair, si troublant parce qu'il a été le premier que son père a voulu voir tous les jours de son existence, à cet instant où l'on émerge de rêves insaisissables que l'on appelle chaque nuit parce qu'ils nous sauvent un peu de nous-même.

Alexandre n'est pas encore à l'âge où il faut accommoder, ce qui était net devient flou et ce que l'on regardait de près réclame d'être éloigné. Plus encore que le regard de la jeune demoiselle, il lui semble que c'est son sourire intranquille que son père aura recherché. D'autres femmes défilent devant ses yeux, toutes celles qu'il aurait voulu protéger : Ella de *La Porte du paradis* ; la comtesse Louise, *Madame de…* ; Mathilde, *La Femme d'à côté*, tant d'autres, et bien sûr Lara. Son père, lui, il l'a protégée, la demoiselle ? Qui le dira à Alexandre ? Étrange et puissante mosaïque qu'est notre mémoire, une odeur, un refrain, l'infime, et la machine à remonter le temps est lancée. Pour la demoiselle, ç'a été un imprimé fleuri, printanier en plein hiver, son corsage sur la photo enveloppe de minces clavicules, Alexandre les préfère ainsi alors il les imagine ainsi, les fleurs d'un tendre rose s'épanouissent dans le décolleté, d'autres plus pâles éclosent sur la poitrine et la neige volette jusque dans ses cheveux. Et le voilà tout retourné, revenu il y a vingt-cinq ans, le jour de ses huit ans. C'était toujours une fête les anniversaires, plus que les bougies qu'il soufflait, son père le comblait chaque année d'un morceau d'inconnu. Toutes les premières fois qu'il lui aura offertes. Il lui a appris leur valeur.

Ce matin de ses huit ans, le jour n'était pas levé quand d'un « Joyeux anniversaire ! » son père l'a extirpé de son sommeil. On grommelle à cet âge quand on vous réveille mais là, le petit Alexandre a sauté sur ses pieds et dans une paire de chaussures de montagne neuves, prélude à son cadeau, la promesse d'un périple et ses péripéties en haute montagne ; tous les deux dans des confins pleins de givre et de poudreuse, de sapinières et d'empreintes de pattes d'ours. Autant de mystères à découvrir, autant de sésames.

Il ne s'était endormi que tard dans la nuit, ses songes de la journée à venir ne lui laissant pas de repos car, pour un petit citadin plutôt sédentaire si on considère que Le Rosebud était l'essentiel de son univers, la perspective de pareille sortie c'est un peu la lanterne du génie, de merveilleux possibles. L'aventure véritable…

L'enfant et son père avaient pris la route en silence, roulant vers la montagne, l'aube se levait sur la Garonne, et dans les lointains on devinait la chaîne des Pyrénées, crénelant un ciel violet et limpide. Le silence dans l'habitacle rendait encore plus sacrée leur échappée. L'enfant n'avait pas regardé par la fenêtre, il attendait l'escarpé, son vertige, il regardait les mains de son père sur le volant, des mains d'homme ; il aurait voulu avoir les mêmes, larges, denses, il ne les aura jamais. Son père avait loué une voiture avec ce qu'il faut de chaînes et ils avaient pu atteindre le plateau en altitude. Il découvrait la montagne, il n'avait jamais respiré aussi haut, il était fébrile et si calme, avec comme jamais jusqu'alors une envie de réalité. Aucun film, même *Le Docteur Jivago*, n'aurait pu être mieux. En découvrant la neige pour de vrai, pas celle qui fond sur les trottoirs des villes, en avalant un air coupant, glacé à mesure de la grimpée dans ce paysage polaire, sans autre présence humaine que la leur, ni traces, à l'exception de celles qu'ils laissaient ; elles les rapprochaient du ciel, et il avait découvert la jubilation, comme elle nous libère de nos peurs. Les fameuses pattes d'ours qui l'avaient tenu en éveil une partie de la nuit et avaient fait de lui un trappeur avant l'heure étaient au bout de ses pieds, des raquettes tout en bois avec de grosses lanières de cuir laissant dans la neige une empreinte de grizzly. Passé sa consternation d'une seconde en les découvrant – le garçonnet se voyait déjà affublé des pattes de l'animal –, Alexandre les avait chaussées, impatient de laisser ses traces – il lui semblait avancer à pas de géant sur la neige dans le sillage de son père. Un bonnet enfoncé sur les yeux, des moufles, également cadeau de la veille, il était équipé pour affronter tous les dangers... sauf un, et qui vient de le percuter de plein fouet : la nostalgie. Il n'avait pas encore appris à la reconnaître, ni à la distancer, il sent qu'il ne sera pas très fort à ce jeu-là.

La neige un peu molle au début de leur marche avait vite durci, même le soleil éblouissant et la sueur après la montée ne parvenaient à l'attendrir. Une odeur mouillée sortait des souches des arbres ayant enduré trop d'hivers. La neige avec l'astre culminant chutait des branches, une gentille avalanche, semant le silence, brouillant le sol jusqu'alors intact d'une mitraille de neige fondue. Dans les arbres où elle restait accrochée, il voyait des mouettes et des crocodiles de glace, des visages posés entre les branches. Et au sol, leurs ombres, un quadrillage sur la neige que leur pas déchiraient. Avec par-dessus l'immensité glacée, le chant des oiseaux, venus bien sûr exprès lui souhaiter un bon anniversaire. Pour la première fois vingt-cinq ans après, Alexandre se raconte l'histoire de ce jour. Ce jour de la maison de la combère. « Nous y piqueniquerons, tu auras un saucisson pour toi tout seul » ; son père ne lui en avait pas dit plus mais la perspective du saucisson suffisait.

En découvrant la maison il avait aussitôt pensé à une guerre. Éventrée, debout encore, appuyée à un creux dans la montagne, le toit enfoncé, des éboulis de pierres au pied de tout un pan de sa façade entièrement démolie sur l'un de ses côtés. Et son père qui la détaille longuement, comme on déshabillerait une fiancée. Alexandre comprend seulement aujourd'hui qu'il aura voulu, avec cette journée, ne rien lui offrir d'autre que la découverte du désir. Ce n'était pas un paysage de glace qu'il partageait avec son fils mais une contrée brûlante.

« C'est la maison de la résistance. » Il n'en avait pas dit plus. On n'interrogeait pas son père, ni Bambin, retenu dans une cave pleine de bottes noires qui s'essuient sur son front, et qu'importe que ce soit celui d'un adolescent. Alors, le fils adoptif de Bambin a écouté un silence plein de réminiscences les yeux rivés sur la fonte de stalactites accrochées à une gouttière, encore intactes, leur étincellement promis à s'éteindre avant la fin de leur casse-croûte. « Tu vois cette neige qui recouvre le toit ? Regarde sa masse, fils, réfléchis à son poids, ce qu'il peut étouffer. Elle va glisser, suivre la pente ; il ne faut jamais raser les murs, on croit se mettre à l'abri, on disparaît. Un fracas. Il suffit d'une seconde. Ce que tu regardes, qui est si parfait, indemne, d'un coup peut te tuer, tu comprends ? » Qu'est-ce qu'il comprend, le petit garçon ? Que l'aventure n'est pas aussi joyeuse qu'il se l'était imaginé, et qu'après les pattes d'ours qui n'en sont pas vraiment, cela commence à faire beaucoup. Sans même y penser, il décide que ce ne sera pas un jour mémorable et il l'oublie.

Ils avaient mangé debout et après ils étaient entrés. Il faisait sombre et plus humide dans la maison, un froid enfermé, désagréable après celui d'où ils venaient, un froid de mort ; après tout ce temps il rectifie : de morte.

Il n'aimait pas être là, et n'avait qu'une hâte, retourner dehors. Son père avait alors pris sa main, le guidant vers l'étage par un escalier vermoulu, pas question de monter ensemble les mêmes marches. Ils avaient débouché directement dans la chambre, si Alexandre devait décrire son père, il dirait qu'il s'était ébroué comme un cheval. Pour lui cacher qu'il tremblait ? Tu as tourné la poignée, papa, et la porte de l'armoire s'est ouverte, un coffre-fort, un sarcophage ; dedans il y avait ton trésor, un corsage rose et pâle pareil au ciel lorsque j'y vois des flaques de lune, un corsage sur une poitrine que je tiens dans mes mains. Je n'ai pas détourné la tête assez vite. Tu t'es saisi de ce bout de chiffon, et j'ai découvert comme on fait l'amour. Mais que tu avais mal, enfouissant toute ta face dans sa robe, pressant contre ses pétales la violence de ta caresse à vif. J'ai reculé jusqu'à l'escalier, je l'ai redescendu seul en me tenant au mur qui s'effritait sous mes doigts d'enfant grandi d'un coup.

Ils ne sont pas retournés dans les Pyrénées et n'ont jamais reparlé de cette journée. Un garçon face à son père, un homme perdu. Alexandre n'aura plus voulu y penser, jusqu'à ne pas ouvrir une seule fois en trente ans un tiroir. Ce n'était pas une histoire d'amour, elle n'a pas eu le temps d'être une histoire, c'était un amour.

Une autre chose lui revient. Ce soir de ses huit ans, leurs pattes d'ours rangées pour toujours, ils étaient venus s'asseoir ici dans ces fauteuils, retrouver un cerisier en fleur dans la neige. Sur l'écran, tout, autour, était carnage mais il y avait cet espoir de la beauté au milieu du désastre, ce long plan d'un arbre montant au ciel. S'y superpose ce souvenir, son père disparaissant dans un corsage immaculé et son motif fleuri comme un sang brodé. *Le Temps d'aimer et le Temps de mourir*.

Une gamine guerrière, Sauvage

— Merci d'être venu aussi vite, Marc.

— Pour une fois que tu ne m'en fais pas le reproche ! Rosalie, tu…

— Rosalie Sauvage. Autrement je ne me reconnais pas. Pourquoi tu regardes ma robe comme ça, elle te plaît ?

— Je ne sais pas encore… Tu te maries ? C'est quoi tous ces cartons ?

— Ma prochaine vie. Elle commence demain.

— C'est bien, tu as gardé tes cheveux courts, on voit ta nuque.

— Qu'est-ce que tu racontes ?

Moulée au possible dans sa robe bustier, Rosalie Sauvage parade dans son salon. Pour s'amuser, les amuser. Tout est doux entre eux pour une fois, aucune envie de renouer de part et d'autre, de tenter quoi que ce soit, ce qui va se passer ensuite ne sera pas leur romance mais va les rapprocher comme aucune passion ne l'aurait pu, ils ne sont déjà plus d'anciens amants, ils sont un homme et une femme avec plein de choses à vivre pas forcément ensemble, et c'est très bien comme ça.

Quand, entrant chez son ancienne maîtresse, Marc a trébuché sur des cartons empilés, il a grimacé et la vue d'une robe de mariée encore sur son cintre lui a fait craindre le pire, mais non. La donne a changé avec une Rosalie Sauvage ajustant sa robe sur ses seins et Marc de regarder vraiment pour la première fois cette nuque dont Alexandre lui rebat les oreilles depuis... depuis le jour où Rosalie Sauvage l'a quitté. Sauf qu'elle ne lui a pas encore dit le pourquoi de cette robe, ni pour qui. Assurément pas lui, et Marc s'étonne une seconde d'en être soulagé ; il découvre à quel point il pourrait aimer Marianne. Destin, hasard, chance, coïncidence, enchaînement de circonstances qui ont tout de l'évidence et n'ont rien à envier à la fiction, à tout ça Marc est bien décidé à donner un coup de pouce, ragaillardi de s'être détaché aussi facilement de Rosalie Sauvage, de ne pas même être obligé de l'oublier. Elle peut bien aller où elle veut mais avant il lui faut savoir si elle y va seule, si elle rejoint quelqu'un. Qu'importe sa réponse, elle est promise à Alexandre, c'est tout ce à quoi Marc veut penser en cette minute. Être celui qui fait qu'ils se trouvent et que, oui, Alexandre avait raison de croire à ce point à leur rencontre. Être lui, Marc, finalement l'acteur du bonheur de cette fille-là.

— Impossible que je te laisse partir.
— Ah oui ?

— Dis-moi juste si tu y seras seule dans cette maison. Et je te rassure, je ne pense même pas à moi.

Incroyable, l'effet que cette robe fait à Marc, une joie enfantine. Rosalie Sauvage a envie de lui dire qu'elle est amoureuse et pas loin d'être heureuse si son indécis de jeune homme pouvait la retrouver avant demain matin ! Maintenant qu'elle en a parlé à sa mère, elle est pareille à tous ceux au début d'une histoire, avec leur envie d'y croire, se refaire le film, encore et encore, on ajoute des détails, on les exagère, au besoin on les invente, parce que ça ne fait pas que nous traverser, ça nous déborde et c'est immense, le commencement d'un amour. On est envahi et ravi, on veut plus, on veut tout.

Elle sait bien qu'à deux heures de Toulouse elle sera introuvable mais elle ira quand même. Pour le givre empreint de lumière, la rosée qui recouvre jusqu'aux étoiles, faisant au ciel une toile filante pleine de souhaits, parfaitement invisible et éphémère, une empreinte des siècles. À force de le vouloir, Rosalie Sauvage se dit qu'elle finira bien par y attirer son beau jeune homme. Qu'un jour, de leur lit dans la maison dans la nature, ils regarderont les étoiles filantes, et toutes les nuits ils rêveront d'un même vœu. Parce qu'elle croit, Rosalie Sauvage, en la salamandre et son brasier, son pouvoir par le feu, immortelle à moins que les flammes les premières ne viennent à mourir.

Mieux vaut se délester que se détester, vient-elle d'asséner à Marc pour résumer sa volonté de rompre avec tout un fatras dans lequel elle ne se reconnaît plus. Elle ne fera pas avec, ne composera pas, s'organisant pour.

— Alors, tu pars seule ?
— Je ne sais pas encore.
— Tu peux bien me le dire, j'étais prêt à quitter Marianne pour toi.
— Première nouvelle.
— Il y a quelqu'un ?
— Oui.

Et elle déballe tout. En parler tout à l'heure à sa mère a rompu une digue. Pourquoi la magie ne serait pas naturelle ? Pourquoi il faudrait peiner, endurer – pour rien souvent. Pourquoi il faut souffrir pour être même pas plus belle mais comme les autres. Elle s'emballe Rosalie Sauvage et elle est ravissante, Marc sourit à tout ce qu'elle promet cette fille-là et qu'elle tiendra, parce qu'elle est comme ça, une fleur poussée sur une épine, une gamine guerrière Sauvage, et que son nom lui va comme un gant.

Elle lui plante le décor, le grand miroir, et l'autre figé sur son trottoir. Ce n'est pas une question de bon moment qui leur aurait manqué, poursuit-elle, c'est qu'il ne l'a pas saisi. Elle ne lui en veut pas, qu'est-ce qui lui a pris aussi à elle de s'enfuir ! Deux nigauds, voilà ce qu'ils sont, elle en mode farouche et lui en bel indécis. Elle ne pourrait l'expliquer mais elle est sûre que de son côté il n'a cessé de penser à elle. Marc, l'écoutant, a un besoin presque brutal d'être avec Marianne. Il n'aime plus Rosalie Sauvage, il l'aime mieux.

— Je vais être père.

— C'était ça le laboratoire d'analyses cet après-midi ! J'ai vu ta femme en sortir, elle était…

— ... tranquille, comme moi.

— Si tu le dis.

— Tu vas faire quoi dans ce coin paumé ?

— On peut travailler sans nécessairement être salarié.

— Tu raccroches à trente ans, tu trouves pas ça un peu tôt ?

— Merci pour les clés, Marc.

— Alexandre a rencontré la femme de sa vie.

— Tout va pour le mieux, alors ?

— Viens au Rosebud avec moi.

— Je ne crois pas que Marianne apprécie.

— Au contraire, ce sera parfait.

— Elle est belle la femme qu'il a rencontrée, ton copain ?

— Très. Il ne me l'a pas encore présentée.

— Comment tu le sais alors ! Et lui, il est l'homme de sa vie ?

— Aucun doute maintenant.

Je suis réel parce que vous y croyez

Le Rosebud fait salle comble. Avant qu'on les brade dans une brocante, Alexandre a demandé à Marc de lui garder son fauteuil et celui de son père, il ira s'y asseoir plus tard. Il est resté dans la cabine de projection, la plupart des génériques de début il les aura vus là. Dès l'adolescence, il a voulu seconder son père, fier de lancer les films à sa place. Une volée de marches et Alexandre le rejoignait au troisième rang, tout en lui bondissait, il avait fait quelque chose pour eux. Les films pouvaient avoir été passés plusieurs fois, ils les redécouvraient avec une même attente, et parce qu'ils les voyaient ensemble, sans rien manquer des émotions de l'autre, ils leur disaient qui ils étaient, qui ils voulaient être.

Il est bien, Alexandre, dans sa cabine, comme le fantôme de Mme Muir devait l'être dans la sienne sur son vaisseau. Ici, il est entouré du souvenir des milliers de bobines et de mètres de pellicule que son père et lui ont manipulés pendant des années. L'action, ils l'enclenchaient d'un geste. D'abord éteindre les lumières, tout ressentir jusque derrière les murs de la cabine, l'attente dans la salle quand on fait le noir, avant que l'écran s'anime. Cette seconde où son père et lui les comblaient tous, leurs fidèles, les spectateurs, les amis inconnus, et ce soir peut-être elle. Alexandre ne pense pas à ce qui se passera après, il ne pense plus à ce qui est passé, il y a maintenant et c'est TOUT. La première fois que le présent lui dit quoi que ce soit, il lui dit qu'elle est dans la salle. La vie ardente. De la première à la dernière rangée, il entend les fauteuils que l'on ouvre, ils sont comme ces arbres en fleur bruissant d'un bourdonnement d'insectes gourmands, tant ici, raconte sans rien en dévoiler un peu de la vie secrète de chacun, loin des mensonges que l'on se fait. Il écoute en caressant les photogrammes d'une pellicule aux visages à demi effacés rayés par les ans. Le temps a fait son œuvre, trop de projections destinées à ceux qui auront placé dedans leurs espoirs, leurs peurs, leur allégresse, leurs manquements, tout ce que l'on est. Hier, il a fallu refaire les collures, encore et encore, pour que la pellicule passe une dernière fois et ne casse pas au moment où arrivera sur l'écran la bouche captivante d'une aux yeux incomparables, qui vous dérobent à tout ce qui n'est pas eux au point d'en arrêter de lire les sous-titres. Quand son regard mange l'écran, quel singulier désir il donne de sa beauté. Celui d'en garder un peu pour soi, pour essayer d'en comprendre le mystère. On voudrait, comme son fantôme, la regarder dormir, Gene Tierney, jadis étoile entre les étoiles, star il n'y a pas si longtemps et aujourd'hui juste oubliée. L'éternité, aussi fragile que la pellicule qu'Alexandre tient entre ses mains. Qui la ranimera maintenant ?

Il n'est pas pressé de descendre dans la salle. La peur de ne pas la trouver ? Il n'a pas envie de saluer les dizaines d'autres, ni de les remercier d'être venus quand ce soir il ne devrait y en avoir qu'une. Il lui semble qu'à croire en elle, il croira en lui. Il va attendre la lumière sur le beau visage de Gene Tierney, et qui sait, elle viendra éclairer une nuque. Si on ne se raconte pas des histoires, on devient quoi ? Un lot de viscères et d'organes fatigués. Mais qu'on y ancre un amour et nos cendres n'auront pas tout à fait le même poids. Celles de son père l'ont appris à Alexandre tout à l'heure.

Pour les adieux du Rosebud, il a souhaité de vrais flambeaux autour de la scène, une véritable flamme, Marianne et Marc ont pour mission de les éteindre quand il lancera le film.

Ça y est, les projecteurs de la Twentieth Century Fox et leurs halos ont envahi l'écran, la musique de Bernard Herrmann est une vague semblable à celles venues mourir sur un rivage au pied d'une lande sur le point d'appartenir à Mme Muir. Il ne sait ce que leur début à son inconnue et à lui leur réserve, mais celui sur l'écran avec son écume comme un tourment réclame d'être poursuivi. Alexandre observe le scintillement de la mer, sa lumière incandescente à la surface quand tout est ténèbres au fond ; il la regarde se refléter sur des ombres attentives et sûrement émues, happées par des images sans âge, ce qu'elles ont d'inéluctable, la durée d'un film.

En dévalant les escaliers Alexandre est arrivé dans la salle à temps pour attraper le premier gros plan du visage qui les regarde tous. Sa voilette, son chignon, son obstination, une détermination et le portrait de son fantôme, toute une atmosphère en clair-obscur. La mer a disparu de l'écran mais elle continue de rouler sur Mme Muir jusque dessous sa peau.

— *Je me sens inutile, déjà à mi-chemin de ma vie. Et qu'ai-je fait ?*

Lui, qu'a-t-il fait ? ! Pas le commencement du chemin vers une nuque a priori sans chignon, sans voilette. Ce matin, pensant aux épaules de son inconnue, il a monté le chauffage dans la salle, qu'elles n'aient pas froid. Tous les fauteuils sont occupés, il avance rangée après rangée, la lumière de l'écran éclaire la pénombre d'une lueur à la fois sombre et douce, comme le sont les émotions agitant les deux héros en noir et blanc. Il reconnaît des habitués, sourit à des vieilles dames qu'un temps il a pensé fiancer à son père. Après trois décennies, sa préférée continue à lui glisser un Carambar dans la main contre un baiser, elle vient de le faire mais ce soir il n'a pas pu lui sourire, ou il aurait pleuré. Il découvre assis côte à côte, sur toute une rangée, plusieurs générations d'une même famille. Il ne les avait encore jamais vus ensemble, tour à tour oui, dans cette salle, sans rien soupçonner de leur lien, qui en cet instant lui apparaît évident. Une même élégance discrète, une courtoisie. Et il y a ce couple qui aura vieilli au Rosebud, Gilda et Arkadin, des fous d'Orson Welles. Alexandre, enfant, les a rebaptisés en découvrant leur coup de foudre lors d'une rétrospective du réalisateur, assis à cette même rangée où ils sont encore vingt ans après. Ils s'étaient souri à la fin de *Citizen Kane*, s'étaient embrassés au milieu de *La Splendeur des Amberson*. Eux aussi croyaient leurs fauteuils réservés à vie... Quand il les voit, leurs coudes entrelacés, alors oui, Alexandre veut écouter tous ces êtres en celluloïd, qu'ils fassent qu'elle soit venue, sa femme radieuse.

— *Au fond, je ne croyais pas à votre existence.*
— *Mais je suis réel parce que vous y croyez. Et je le serai tant que vous continuerez à y croire.*

Une jeune veuve va aimer un fantôme, et avec eux on croit à l'extraordinaire ordinaire. Qu'importe qu'il soit mort et elle mortelle, ils vont défier le seul qui a raison de tout : le temps. On veut qu'ils se rencontrent et on attend qu'ils se retrouvent. On ne veut pas qu'ils redeviennent ce qu'ils ont été, l'existence seul avec soi alors que l'on aime celle ou celui qui nous manque et manquerait à notre vie. On a envie qu'ils s'unissent et qu'enfin ils deviennent ce qu'ils sont, ce qu'ils doivent être. Nous sommes flous, nous sommes fatigués, nous sommes inquiets, nous sommes pressés, nous sommes inconstants, nous sommes inconséquents, nous sommes humains. Nous, les héros de notre vie.

Il y a dans *L'Aventure de Mme Muir* le plus émouvant des serments. Alexandre la trouvera-t-il, elle, avant ? Encore une dizaine de rangées et il aura rejoint Marc et Marianne. Mme Muir allume une bougie, le fantôme d'abord la souffle puis il la rallume, et rien ne pourra l'éteindre maintenant. Une flamme qui ne redoute pas les orages, qui ne craint pas de croire à l'incroyable. Dans quelques secondes, le fantôme va lui apparaître, sorti de nulle part, il est partout, et quand la lumière arrive sur lui et qu'il s'anime, c'est elle, Mme Muir, qui éclaire tout. Deux ombres pleines d'espoir qui brillent de l'intérieur, l'absolu d'un amour. Qu'en fait-on de son trouble quand on le rencontre enfin ? Il est à trois mètres de son fauteuil, il y a beaucoup de cols roulés, quelques écharpes, et lui qui est à la recherche d'une nuque perdue. La scène du serment arrive, celle qu'Alexandre attend le plus, qui fait que l'on peut voir ce film vingt ou trente fois juste pour elle. Ces images il ne veut pas les regarder assis dans son fauteuil, il ne veut pas du vide à côté, ce serait abandonner.

— *Comme tu aurais aimé le Pacifique et ses fjords au soleil de minuit ! Naviguer parmi les récifs des Barbades où les eaux tournent au vert ! Vers les Falklands où le vent du Sud souffle et fouette les vagues blanches d'écume. Adieu, ma chérie. Tant de choses que nous avons manquées et que nous aurions pu découvrir ensemble.*

Il faut écouter ses fantômes, entendre ce qu'ils nous disent. Adieu. *Adieu, ma chérie.* L'amour se penche sur vous et les nuages s'amoncellent.

Elle fonce Rosalie Sauvage, c'est sa manière

Elle est assise au troisième rang, à côté de Marc et Marianne, devant Mme Muir et son fantôme. Surtout, elle est derrière sa nuque, Rosalie Sauvage, tout à ce souffle qui ne la touche pas encore mais qu'elle sent déjà. Elle qui n'est pas capable de faire la différence entre le futur et le conditionnel appartient comme jamais à maintenant quand le présent contient tous les temps.

Marc vient de se retourner, il attend lui aussi et elle devine qui, espère deviner. Pourquoi ne s'est-il pas encore assis à côté d'elle ? Elle lui en voudrait de la laisser s'échapper une deuxième fois. Si demain elle pouvait l'emmener dans ses bagages, elle se dirait que la vie parfois l'est, douce. Depuis plus d'une heure, tout sur cet écran les raconte elle et lui, ce qu'ils ne doivent pas vivre, ce qu'ils vivent. Elle ne le laissera pas être son fantôme. Mais pour cela il faut qu'il choisisse de la rejoindre. Le fauteuil à sa gauche reste vide, trop de scènes déjà ont défilé, et Marc s'agite de plus en plus.

Il avait finalement obtenu gain de cause, martelant qu'il ne la laisserait pas ne pas venir au Rosebud. Sur le chemin, Marc avait appelé sa femme et improvisé sa réponse à sa lettre. La suite il l'écrira à mesure que leur enfant grandira. Au téléphone, il n'a pas arrêté de répéter qu'il venait de découvrir ce qu'ont d'impérieux, pas d'impératif, les deux initiales de leurs prénoms, MM.

Sur l'écran, un homme étreint une femme sans jamais la toucher, tout pour ces deux-là est recouvert du voile vaporeux de la matière dont sont tissés les rêves. Aussi tangible soit leur amour, il ne leur épargne pas les regrets. Que vaut un horizon quand on se cogne à un grand vide ? La violente douceur d'aimer. Les yeux embrasés d'aubes devant une mer démontée, les vagues, leur courant plein d'écume les frôlent. Mme Muir ? Rosalie Sauvage ? L'onde scintille, elle a la gravité des songes. Comme elles nous veillent nos chimères, nous qui les choyons. Elle fonce Rosalie Sauvage, c'est sa manière. Elle est une étoile de mer, toute molle encore, une chair qui n'a pas froid aux yeux, elle ne sera pas de celles que l'on regarde sans toucher derrière une vitrine, dure alors à se briser. Elle ne sera pas Mme Muir qui hésite. Au début elle irradie de jeunesse insoumise, et puis elle s'abîme dans une solitude toute nue, et vole en éclats. Sans bouger de son fauteuil elle aussi.

Qu'il se décide à la fin ! Il veut lui lacérer les nerfs ou quoi ? Et l'autre sur l'écran qui s'y met.

— *C'est pourquoi je m'en vais. Écoutez-moi, vous avez rêvé. Dans les années à venir, c'est d'un rêve que vous vous souviendrez. Les rêves s'évanouissent au réveil.*

Non ! Elle en est à agripper les accoudoirs de son fauteuil, arc-boutée à l'attente, c'est sans espoir alors ? Celui dans son dos pense-t-il comme Mme Muir qu'il s'est trompé ?

— *Ce n'était que notre imagination. Je n'ai pas eu ce bonheur. Je suis restée seule. On peut se sentir très seul parmi les gens. Même ceux que l'on aime.*

Surtout ceux que l'on aime. Cette femme qui ressasse son rêve et ne vacille pas, quand le temps, notre blessure, la démolit, quand il lui enlève jusqu'à son fantôme, et la ronge comme les vagues usent la roche ou ce pieu dans le film planté dans le sable griffé par des ans insatiables, rien n'a raison de son amour.

Elle a besoin Rosalie Sauvage qu'il avance jusqu'à elle. Elle ne fera rien sans ça, et si avant la fin du film il ne bouge pas, alors ils seront passés définitivement l'un à côté de l'autre.

Cette énigme, le bonheur, un péril

L'infime ballottement d'une mer changeante, imprévisible. La houle sort de l'écran, elle balaye un visage dont il ne voit que la nuque. Il recule. Ce serait trop grand ? Il faut être à la bonne dimension. Qui l'est ? Et qu'est-il, loin du Rosebud, son essentielle gravité. Va-t-il vouloir le quitter ce doux rivage de la mélancolie ? Cette place qui n'est plus libre à côté de la sienne, elle reste celle de son père qui jusqu'à sa mort aura aimé un fantôme. La jeune demoiselle au corsage à fleurs, rien n'aura pu la faner. Comme Gene Tierney. En ne s'asseyant pas, il reste avec elles, les Marlene, les Romy, les Ava, les… qu'il aurait pu aimer. Et cette femme, son absence continuera d'être une présence invisible qui l'entoure et le console, que rien n'entamera. Pourquoi ajouteraient-ils leurs faiblesses ? Cet écran est celui où se sont gravés tant d'images, toutes les promesses, des mélodies et des parfums, des réminiscences et des fantasmes, une espérance. Tant et tant de tragédies où il s'est invité – tant de mémoires qui l'ont inventé – sera-t-elle jamais davantage là s'il reste où il est ? Ce doux besoin d'elle qui l'appelle, ne veut-il pas aussi que maintenant il s'éclipse ? Cette énigme, le bonheur, un péril. Ces quelques mois resteront ceux où il a aimé sans rien d'autre que l'amour, quand il n'est pas à conquérir, à doser, à garder, à conserver.

Ne restent que la mer et les nuages confondus. Et une fenêtre qui se referme avant un fondu au noir sur une femme seule dans son fauteuil. Il n'y a plus de maison sur la lande, plus d'abri pour Mme Muir et son fantôme, il n'y a que des vagues, autant de lames charriant ces déchets, nos âmes.

— *Qu'allons-nous devenir vous et moi ? Maintenant, quand je regarde l'avenir tout semble sombre, et confus, comme si j'étais perdue.*

Un jour on fera l'amour

Elle est assise où toute mon existence tient, et pour la première fois depuis ma naissance je sens la vie couler en moi, la sienne et la mienne. Même nos plus chers souvenirs sont en deçà de la réalité quand elle est si puissante. Ce ne sont pas ses épaules appuyées contre le velours que je reconnais ou sa nuque enfoncée dans le siège, je la reconnais elle. Son dos je ne le vois pas, il est collé au dossier, qu'importe, mes doigts s'y agripperont comme les rayons au soleil sur ces dessins d'enfants et leurs traits de lumière. Il n'y a plus à faire comme si. À se prendre les pieds dans les émotions d'autres qui ne sont même pas nous, des rôles, des personnages, personne. Les seuls pour moi jusqu'à aujourd'hui et ça ne fait pas tout, je le découvre. Il y a une terre à habiter rivé à cette femme, être à une seule et être au monde. Un jour on fera l'amour. Tant de choses que nous ne manquerons pas et que nous découvrirons ensemble. Le film est terminé, je ne m'assiérai pas dans mon fauteuil, je me tiens debout, devant elle, devant vous.

— Oui, croyez en vos fantômes, ils emmènent loin, et vous n'en reviendrez pas. L'aventure de Mme Muir défie la plus ultime des frontières, le Temps. Un mot encore, cette histoire a ce pouvoir, vous le voyez, à la fin tout commence.

Ce qui est sous nos yeux peut aussi être inaccessible. Elle est là, à cinq mètres devant moi et quelque chose me souffle qu'elle est la femme de ma mort parce que c'est ça non, la femme d'une vie ? On veut être avec elle quand la mort arrive. Et lorsqu'un autre devient pour nous unique, que l'on veut le garder, on se garde soi.

Rien ne nous séparera.

Le Rosebud d'Alexandre

La Sirène du Mississippi (1969)
de François Truffaut
avec Catherine Deneuve et Jean-Paul Belmondo

— Vous aimer est une souffrance.
— Vous disiez hier que c'était une joie.
— C'est une joie et une souffrance.

Elle et lui (1957)
de Leo McCarey
avec Deborah Kerr et Cary Grant

— J'entends l'amour qui nous dit tout bas, cherchez donc en vous le bonheur est là. Le temps n'est plus d'avoir des regrets, laissons l'amour faire ce qui lui plaît. Venez, venez, donnez-moi la main, notre bonheur n'est pas si loin, j'entends l'amour qui m'appelle.

Le Docteur Jivago (1965)
de David Lean
avec Julie Christie, Omar Sharif, Alec Guinness et Rod Steiger

— Il y a deux genres d'hommes, et seulement deux. Et ce jeune homme appartient à l'un d'eux. Un grand esprit. Pur, il est ce genre d'homme que le monde fait semblant d'admirer mais en fait méprise. Il est le genre d'homme qui engendre le malheur, en particulier chez les femmes, comprenez-vous ? Je pense que oui. Mais il y a un autre type d'homme, pas à l'esprit élevé, pas pur, mais vivant. Vous marier avec ce garçon serait un désastre. Parce qu'il y a deux types de femmes, et vous comme moi nous le savons bien, vous n'appartenez pas au premier genre, vous, ma chère, vous êtes une traînée.

Le Dernier des Mohicans (1992)
de Michael Man
avec Madeleine Stowe et Daniel Day-Lewis

— Non ! Vous devez vivre ! S'ils ne vous tuent pas, ils vous emmèneront au nord jusqu'aux terres des Hurons. Soumettez-vous, vous entendez ? Vous êtes forte ! Vous devez survivre ! Restez en vie, quoi qu'il se passe ! Je vous retrouverai. Peu importe combien de temps cela prendra, je vous retrouverai !

Jules et Jim (1962)
de François Truffaut
avec Jeanne Moreau, Oskar Werner et Henri Serre

— Jim eut une grande tristesse pour Jules, pourtant il ne pouvait juger Catherine. Elle avait pu sauter dans les hommes comme elle avait sauté dans la Seine.

The Swimmer (1968)
de Franck Perry
avec Burt Lancaster

— Rien n'a marché. Aucun chemin ne m'a mené nul part. Quand j'étais gosse, je croyais à des choses. Les gens semblaient plus heureux quand j'étais petit, qu'est-ce qui s'est passé ?
— Vous avez été jeté hors de votre enfance dorée, voilà ce qui s'est passé.

La Comtesse aux pieds nus (1954)
de Joseph L. Mankiewicz
avec Ava Gardner et Humphrey Bogart

— Le fait est que nous sommes ni uniques ni importants pour le monde. Et il va continuer de tourner sans nous.

L'Impératrice rouge (1934)
de Joseph von Sternberg
avec Marlene Dietrich

— Avec toutes ses idées romanesques foulées au pied, elle fut précipitée dans le chaudron russe. Son nom et sa religion furent changés et on la poussa comme une jument dans les préparatifs de son mariage avec un abruti de sang royal.

Laura (1944)
de Otto Preminger
avec Gene Tierney et Dana Andrews

— Il ne vaut pas cher mais il me plaît. Je ne suis pas quelqu'un de bien et lui non plus. Il sait que je sais ce qu'il est et que je m'en moque. Nous sommes assez faibles pour nous entendre.

César et Rosalie (1972)
de Claude Sautet
avec Romy Schneider, Yves Montand et Sami Frey

— J'ai besoin qu'on me dise où tu es ? Où tu es ? Tu vis et tu ne réponds pas. David, César sera toujours César, et toi tu seras toujours David, qui m'emmène sans m'emporter, qui me tient sans me prendre et qui m'aime sans me vouloir.

Le Voleur de Bagdad (1924)
de Raoul Walsh
avec Douglas Fairbanks

— Je suis moins que l'esclave qui vous sert. Un misérable paria, un voleur. J'ai toujours pris tout ce que je voulais. Et vous aussi, j'ai essayé de vous prendre. Mais dès que je vous ai tenue dans mes bras, tout a changé. Le mal en moi est mort.

Le Voleur de Bagdad (1940)
de Ludwig Berger et Michael Powell
avec Sabu, Conrad Veidt et June Duprez

— D'où venez-vous ?
— De l'autre côté du temps, pour vous trouver.
— Depuis quand me cherchez-vous ?
— Depuis l'aube des temps.
— Maintenant que vous m'avez trouvée, vous resterez ?

— Jusqu'à la fin des temps. Pour moi, il ne peut exister plus de beauté dans le monde que vous. Il ne peut y avoir plus de plaisir au monde que de vous plaire.

Rambo (1982)
de Ted Kotcheff
avec Sylvester Stallone, Brian Dennehy et Richard Crenna

— Au champ de bataille nous avions un code d'honneur. Vous me protégez, je vous protège. De retour ici, il n'y a plus rien. Là-bas, je pouvais voler dans un hélicoptère de combat, je pouvais conduire un char, j'étais responsable de millions de dollars de matériel. Ici, je ne peux même pas être gardien de parking.

Casablanca (1942)
de Michael Curtiz
avec Ingrid Bergman, Humphrey Bogart et Claude Rains

— Si cet avion quitte le sol et que vous n'êtes pas dedans, vous le regretterez. Peut-être pas aujourd'hui, peut-être pas demain mais bientôt, et pour le reste de votre vie.
— Et nous deux alors ?
— Nous aurons toujours Paris.

Il était une fois la révolution (1971)
de Sergio Leone
avec James Coburn et Rod Steiger

— Je sais de quoi je parle quand il est question de révolution. Les gens instruits vont voir les gens incultes. Ils leur expliquent qu'il faut du changement. Les pauvres s'y collent. Ensuite les gens instruits se mettent autour d'une table. Pour parler et bouffer. Et qu'est-ce qui arrive aux pauvres ? Ils meurent.

Pandora (1951)
de Albert Lewin
avec Ava Gardner et James Mason

— L'amour se mesure à ce que l'on accepte de lui sacrifier.

Les Trois Mousquetaires (1948)
de George Sidney
avec Lana Turner et Gene Kelly

— Mourir entre amis, un homme peut-il demander plus ? Le monde peut-il offrir moins ? Qui vivrait sans vider la dernière bouteille ? Tous pour un, d'Artagnan, et un pour tous.

Le facteur sonne toujours deux fois (1946)
de Tay Garnett
avec Lana Turner et John Garfield

— Dommage, il a pris la voiture.
— Même si elle était là nous n'aurions pas pu partir avec, à moins de vouloir passer la nuit en prison. Voler la femme d'un homme ce n'est rien. Mais voler sa voiture c'est un délit.

Brève rencontre (1945)
de David Lean
avec Celia Johnson et Trevor Howard

— À travers le paysage qui défilait je nous voyais sans obstacle entre nous. Je nous vis à l'Opéra de Paris, puis à Venise, je nous vis accoudés à la rambarde d'un paquebot en mer, sous les palmiers d'une plage au clair de lune. Puis les palmiers firent place aux saules du passage à niveau et tous mes rêves s'évanouirent. Je descendis du train et rentrai à la maison de mon pas habituel, calmement, et sans ailes.

Les Enfants du paradis (1945)
de Marcel Carné
avec Arletty, Maria Casarès, Jean-Louis Barrault et Pierre Brasseur

— Les rêves, la vie, c'est pareil ! Ou alors ça ne vaut pas la peine de vivre. Et puis qu'est-ce que vous voulez que ça me fasse la vie, c'est pas la vie que j'aime, c'est vous !

Morocco (1930)
de Joseph von Sternberg
avec Marlene Dietrich et Gary Cooper

— Lorsque je suis tombé dans la Légion étrangère, j'ai abandonné mon passé.
— Il y aussi une Légion étrangère des femmes. Mais nous n'avons pas d'uniforme, pas de drapeau, pas de médailles quand nous sommes courageuses. Et aucune cicatrice quand nous sommes blessées.

The Misfits (1961)
de John Huston
avec Marilyn Monroe, Clark Gable, Montgomery Clift

— Si tu aimais ta femme, tu aurais dû tout lui apprendre. Parce que, on meurt tous, n'est-ce pas ? Tous les maris et toutes les femmes. À chaque minute qui passe.

Le Diable au corps (1947)
de Claude Autant-Lara
avec Micheline Presle et Gérard Philipe

— Quand une femme vous a fait du mal, c'est malheureux à dire, mais quand on voit qu'elle tient encore à vous on la quitte plus facilement.

Le train sifflera trois fois (1952)
de Fred Zinnemann
avec Grace Kelly et Gary Cooper

— Si toi aussi tu m'abandonnes, il ne me restera plus rien. Plus rien au monde et plus personne. Qui me comprenne, qui me soutienne, ou qui me donne simplement la main. Attends ! Attends ! Attends ! Demain.

Pendez-les haut et court (1968)
de Ted Post
avec Clint Eastwood et Inger Stevens

— Nous avons tous nos fantômes. Vous les chassez à votre manière, je les chasse à la mienne.

Rio Bravo (1959)
de Howard Hawks
avec John Wayne, Angie Dickinson et Dean Martin

— Comment est-ce qu'on en arrive à devenir shérif ?
— Par paresse. On se fatigue de vendre ses talents de tireur aux uns et aux autres, alors on les vend au gouvernement.

Alamo (1960)
de John Wayne
avec John Wayne et Richard Widmark

— République. C'est un nom qui sonne très bien. Ça veut dire qu'on peut vivre libre. Dire ce qu'on veut. Il y a des mots qui vous font de l'effet. République est un de ces mots qui me donnent des picotements dans les yeux, un serrement de gorge comme lorsqu'un homme voit son premier-né commencer à marcher, et quand la barbe lui pousse, s'enhardir à prendre le vieux rasoir de son père. Ces mots quand on les prononce, ça vous réchauffe le cœur. République est un de ces mots.

Le Dernier des géants (1976)
de Don Siegel
avec John Wayne, Lauren Bacall et James Stewart

— Il vivait en solitaire. Sa maxime : ni trompé, ni insulté, ni humilié. Je ne le fais pas aux autres, disait-il, qu'on ne me le fasse pas.

La Colline des potences (1959)
de Delmer Daves
avec Maria Schell, Gary Cooper et Karl Malden

— Si vous ouvrez les yeux et regardez, vous verrez les choses telles qu'elles sont. Maintenant, je vais vous laisser ici, vous êtes debout au bord d'une falaise. Je ne vous conseille pas de traverser l'existence avec les yeux fermés.

Un enfant de Calabre (1987)
de Francesco Comencini
avec Gian Maria Volontè, Thérèse Liotard et Santo Polimeno

— Il est premier. C'est un enfant de Calabre.

Deux hommes dans la ville (1973)
de José Giovanni
avec Jean Gabin, Alain Delon et Michel Bouquet

— Vous êtes étonnants, vous, les éducateurs, vous liriez le Code civil comme un roman si on vous laissait faire. Désolé, mais le règlement est le même pour tous.
— Oui, mais le désespoir non.

Casque d'or (1952)
de Jacques Becker
avec Simone Signoret, Serge Reggiani et Raymond Bussières

— N'y pense plus, Manda, pense à moi.
— Je pense toujours à toi, Marie.

Confession d'un commissaire de police au procureur de la République (1971)
de Damiano Damiani
avec Franco Nero, Martin Balsam

— Vous n'avez jamais eu le sentiment de n'être qu'un pion ? Un exécutant aux ordres de ceux qui mènent la danse ?
— Un flic anarchiste… vous êtes une vraie contradiction.

L'Armée des ombres (1969)
de Jean-Pierre Melville
avec Simone Signoret, Lino Ventura et Paul Meurisse

— C'est impossible de ne pas avoir peur quand on va mourir. C'est parce que je suis trop borné, trop animal pour y croire. Et si je n'y crois pas jusqu'au dernier instant, jusqu'à la plus fine limite, je ne mourrai jamais. Quelle découverte !

La Porte du paradis (1980)
de Michael Cimino
avec Isabelle Huppert, Kris Kristofferson et Christopher Walken

— Pensez-vous qu'une femme puisse aimer deux hommes ?
— Bien sûr, vous pouvez. Pourquoi pas trois même. Mais il est certain que l'enfer n'est pas pratique !

Madame de… (1953)
de Max Ophüls
avec Danielle Darrieux, Vittorio De Sica et Charles Boyer

— Le hasard a ceci d'extraordinaire, c'est qu'il est naturel.

La Femme d'à côté (1981)
de François Truffaut
avec Fanny Ardant et Gérard Depardieu

— Les corps de Mathilde et de Bernard, j'en ai bien peur, ne seront pas placés dans le même tombeau. Si je devais choisir une inscription funéraire pour ces deux-là, je sais bien ce que je mettrais. Ni avec toi ni sans toi.

Le Temps d'aimer et le Temps de mourir (1958)
de Douglas Sirk
avec Liselotte Pulver et John Gavin

— Vous êtes plus belle à chaque fois que je vous vois. Seulement cette fois, vous ressemblez à la prochaine fois.

Citizen Kane (1941)
d'Orson Welles
avec Orson Welles et Joseph Cotten

— Ce ou cette Rosebud que vous cherchez, c'est peut-être une chose qu'il avait perdue. M. Kane était un homme qui a perdu presque tout ce qu'il avait.

La Splendeur des Amberson (1942)
d'Orson Welles
avec Joseph Cotten, Dolores Costello et Tim Holt

— Je ne veux pas travailler dans une entreprise, ni avoir une profession.
— Pourquoi pas ?
— Eh bien il suffit de les regarder. Voilà de belles

carrières pour un homme n'est-ce pas ? Les avocats, les banquiers, les politiciens, que font-ils d'autre, je voudrais le savoir, que savent-ils des vraies choses ?
— Et vous, que voulez-vous être ?
— Un yachtman.

L'Aventure de Mme Muir (1947)
de Joseph L. Mankiewicz
avec Gene Tierney, Rex Harrison et George Sanders

— Ce n'est pas un crime d'être en vie !
— Non, ma chère, mais c'est parfois un inconvénient. Les vivants peuvent souffrir.

Éditions Belfond
12, avenue d'Italie
75013 Paris

Canada :
Interforum Canada, Inc.
1055, bd René-Lévesque-Est
Bureau 1100
Montréal, Québec, H2L 4S5

ISBN : 978-2-7144-7311-0

MIXTE
Papier issu de sources responsables
FSC® C003309

Composition et mise en pages
Nord Compo à Villeneuve-d'Ascq

Imprimé en France en décembre 2016
par JOUVE, 1, rue Docteur Sauvé, 53100 MAYENNE

Numéro d'impression : 2476804E
Dépôt légal : janvier 2017